納尼亞傳奇

賈思潘王子

Prince Caspian

C.S.路易斯——著

張琰——譯

《納尼亞傳奇》是你永遠的朋友！

每一個小孩，與每一個心智仍舊年輕的大人都應該讀C.S.路易斯聞名於世、深受兒童喜愛的這部經典之作——《納尼亞傳奇》。我個人深感榮幸，也極欣喜向各位介紹這套《納尼亞傳奇》。書中會說話的動物、邪惡的魔龍、魔咒，國王、皇后、與王國陷在危險之中，矮人、巨人、和魔戒將帶領你進入不同的世界——就是納尼亞王國的世界。

經由神奇的魔衣櫥，進入了納尼亞王國，一個動物會說話、樹木會歌唱、人類與黑暗勢力爭戰的地方。與故事主角彼得、蘇珊、愛德蒙和露西做朋友，一同看他們是如何作生命中重大的決定，從小孩成長為王國裡的國王與皇后。認識全世界最仁慈、最有智慧、也最友善的獅子——亞斯藍，他是犧牲奉獻愛的化身，也希望成為你的朋友。

《納尼亞傳奇》系列叢書將對你的生命產生積極正面的影響，字裡行間充滿了智慧、溫馨與刺激，主題涵蓋了愛、權力、貪婪、驕傲、抱負與希望。書中描寫了善惡之爭，並為世界中所常見的邪惡提供了另一個道德出路。這套書不單是給兒童看的，也適合大人閱讀，而且值得一讀再讀，細細品味。這些書不僅會喚醒你的道德想像力，也將帶給你許多年的樂趣，我鄭重向您推薦《納尼亞傳奇》。

快加入這個旅程吧！一同來探索魔衣櫥裡的世界！我希望你會和我一樣喜愛這套書。

彭蒙惠

《空中英語教室》及救世傳播協會創辦人

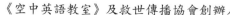

Every child and every person who is young in heart should read C.S.(Clive Staples) Lewis?famous and beloved childrenís classics, The Chronicles of Narnia. With great pleasure and delight I introduce you to The Chronicles of Narnia. Talking animals, wicked dragons, magic spells; kings, queens and kingdoms in danger; dwarfs, giants, and magic rings that will whisk you to different worlds--this is the world of Narnia.

Journey through the magical wardrobe into the land of Narnia, a place where animals talk, trees sing, and humans battle with the forces of darkness. Become friends with Peter, Susan, Edmund, and Lucy as they make hard choices about life and mature from children into kings and queens. Meet Aslan, the kindest, wisest and friendlies lion in the world, the figure of sacrificial love, who also wants to become your friend.

The Chronicles of Narnia will make a posititve influence on your life. Witty, heartwarming, and exciting, they deal themes such as love, power, greed, pride, ambition, and hope. They portray the battle between good and evil and offer moral alternatives to the evil that is so often present in this world. These books are not just for children, but for adults as well. Read them, savor them, and then reread them again. These books will awaken your moral imagination as well as bring you many years of pleasure. I strongly recommend The Chronicles of Narnia.

Embark on this journey--discover the wardrobe.
I hope you will enjoy them as much as I have.

Most Warmly,

Dr.Doris Brougham
Founder/International Director
Overseas Radio and Television Inc./ Studio Classroom

我們既然已經回到納尼亞，
就不能再孩子氣了。
況且，心裡頭要是有謎團，
任誰也睡不著覺的。

目錄 CONTENTS

1
小島

他們置身在一塊四周全是圍牆的寬闊地方。
這裡沒有樹，只有同樣高度的青草、雛菊、常春藤，
以及灰色的牆壁。這是一個明亮又安靜的祕密地方，
有種很蒼涼的感覺。

從前有四個小孩，分別叫做彼得、蘇珊、愛德蒙和露西。在《獅子・女巫・魔衣櫥》這本書裡，提到他們一次奇異的冒險。他們打開一座魔衣櫥的門，進到一個和我們很不一樣的世界裡，而在那個世界裡，他們當上了「納尼亞」的國王和女王。他們在納尼亞統治了好像有好多年，但是當他們從同一扇門回到英格蘭以後，卻發現那場冒險根本沒有用去一分一秒。根本沒有人注意到他們離開過，他們只把這件事告訴了一個非常聰明的大人。

那件事發生在一年前，此刻他們四個人正坐在火車站的長椅上，周圍堆放著皮箱和玩具盒。他們啊，其實是要回學校，四個人同路到這個鐵路車站，再過幾分鐘，就會有一班火車抵達，把女孩子帶到她們的學校；半個小時以後，會有另一班火車到，男孩子前往另一所學校。旅途的前半段，因為四個人都在一起，所以總像是假期一樣，可是現在他們很快就要道別，各自上路了。所以每個人都覺得假期是真的結束了，那種要去坐牢的感覺又開始出現，個個心情惡劣，什麼話也說不出來。露西這回是頭一次到寄宿學校讀書。

這是一座鄉下火車站，空盪盪的，似乎昏昏欲睡，月台上除了他們以外，一個人影也沒有。露西突然尖聲喊了一下，像是被黃蜂叮到了一樣。

「怎麼啦，露露？」愛德蒙說——然後他猛然發出像是「啊！」的聲音。

「究竟是——」彼得才剛開口，也突然把原先要說的話改了，變成：「蘇珊，快鬆手！妳在做什麼呀？妳要把我拖去哪裡嘛？」

「我沒碰你呀，」蘇珊說，「有人在拉**我**。噢——噢——噢——住手！」

每個人都注意到其他人的臉全都嚇白了。

「我也有同樣的感覺，」愛德蒙屏著氣說。「好像有人在拖著我走，那是最嚇人的力量——噢！又來了！」

「我也是，」露西說，「噢，我受不了了。」

「小心！」愛德蒙高聲喊道，「大家手牽著手在一起。這是魔法——我可以感覺得出來。快點！」

「對呀，」蘇珊說，「大家把手抓好。噢，我真希望它能停住——噢！」

下一刻，行李呀、長椅呀、月台呀，連火車站，全都消失不見了。這四個孩子手還緊緊握著，不住喘著氣，卻發現他們已經站在一片濃密的樹林裡面。這裡的樹挨挨擠擠地長著，樹枝都戳到他們身上了，他們幾乎沒有辦法挪動身體。他們揉揉眼睛，深深吸了一口氣。

「喔，彼得！」露西驚呼道，「你想我們可不可能回到納尼亞了？」

「任何地方都有可能，」彼得說，「樹長得這麼密，什麼都看不見。我們試試看去空曠的地方——如果有的話。」

他們費力地從這片叢林穿出來，身上挨了不少蕁麻和荊棘的針刺，之後又是一件教他們吃驚的事：每樣東西都變亮了許多。再走幾步，他們就走到森林的邊緣，下方是一片沙灘。幾碼之後，平靜的海水沖向沙灘，水波小到幾乎沒有聲音。眼前沒有陸地，天上也不見一朵雲。太陽掛在早晨十點鐘時該在的天空中，海水是一片耀眼的藍。他們站在那裡，聞著海水的氣味。

「哇！」彼得說，「這可真不賴嘛。」

五分鐘以後，每個人都光著腳踩在清涼的海水中。

「這要比待在悶人的火車上，回到拉丁文、法文和代數課好多了！」愛德蒙說。之後好長一段時間，沒有人說話，只有水花聲和尋找蝦蟹的動作。

「可是呢，」蘇珊很快說道，「我們必須先訂些計畫。不要多久我們就會要吃東西了。」

「我們有媽媽給我們帶在路上吃的三明治呀，」愛德蒙說。「起碼我是有的。」

「我可沒有，」露西說，「我的三明治在我的小行李袋裡。」

「我的也是。」蘇珊說。

「我的在外套口袋裡，外套在海灘上。」彼得說，「這麼說來就是四個人只有兩份午餐，這可就不妙了。」

「現在呢，」露西說，「我比較想喝東西，不那麼想吃。」

其他人現在也都口渴了，在大太陽底下到海裡走通常都很容易口渴的。

「我們這樣很像是發生船難，」愛德蒙評論起來了，「在書裡他們總會在小島上發現清澈的泉水，我們最好也去找找看。」

「這是不是意味著，我們必須再走回那片濃密的林子裡？」蘇珊問。

「才不是哩，」彼得說，「如果這座島上有溪流，它一定會流出海，如果我們沿著海邊走，就一定會碰到。」

他們涉水往岸上走，先是走過平滑濕濕的沙子，然後踩到鬆散的乾沙子上，沙子還會沾到他們的腳趾頭。過後他們就開始穿上鞋襪。愛德蒙和露西不想穿鞋襪，打算光著腳去找溪流，但是蘇珊說這麼做太瘋狂了。「我們很可能再也找不到鞋襪了，」她說，「如果到了晚上我們還在這裡，天氣又變冷了的話，我們還會需要鞋襪呢。」

穿戴整齊以後，他們就沿著海岸出發，海在他們左手邊，樹林在他們右邊。這裡是個非常安靜的地方，偶爾有隻海鷗飛過。樹林裡林木茂密，枝葉糾結，他們根本看不到裡頭的情形，而這片樹林沒有一點動靜，看不到一隻鳥或是一隻蟲子。

貝殼呀、海草呀、海葵呀，或者是大石頭上水潭裡的小螃蟹呀，這些都挺好的，但是如果你正口渴的話，這些很快就會讓你看煩了。這幾個孩子的腳才從清涼的海水裡走出來，經過這番改變，他們的腳變得又燙又重。蘇珊和露西還有雨衣要提。愛德蒙在魔法把他們變過來之前，才剛把他的大衣放在車站的椅子上，所以他就和彼得輪流提彼得的厚重大衣。

不久，海岸就往右邊彎過去。大約一刻鐘以後，在他們走過一處伸向海中形成岬的崎嶇山脊後，海岸出現大轉彎。他們身後是那片他們走出樹林時迎向的海面，而現在他們往前方看過去，可以看到對岸的另一處海邊，那裡也長著密密的樹木，很像是他們正在探險的林子。

「我在想，那裡是另一座島呢，還是我們等一下就走到的地方？」露西說。

「不知道。」彼得說，四個人沉默地繼續走著。

他們走著的這片海岸和對面那處海岸越來越近，所以他們每經過一個海岬，就猜想會看到這兩處海岸會合的地方。但卻失望了。他們遇到一些岩石，必須爬上去，上到岩石頂端，他們就能清楚地看到前頭的路，但是——

「噢，真討厭哪！」愛德蒙說，「沒有用的啦。走不到那座樹林了。我們是在一座島上！」

說得沒錯。在這裡，介於他們和對面海岸之間的那片水道，寬只有三、四十碼，可是他們現在可以看到，這裡是這片水域最窄的地方。過了這裡以後，這裡的海岸線就再次往右彎，他們便看到了這裡和那片陸地之間空曠的海面了。很顯然，他們已經繞過這座島的大半海岸。

「你們看！」突然間露西說，「那是什麼呀？」她指著海灘上一條長長的、蛇一般的銀色東西。

「是條溪耶！是溪耶！」其他人大喊著。儘管累得很，卻一點也不浪費時間，劈里啪啦地衝下岩石，飛奔到溪旁。他們知道，要喝上游一些，離海灘遠一點的地方的水，比較好，所以他們立刻跑到溪水流出森林的地方。這裡的樹林也是濃密得不得了，不過這條溪的水道很深，兩邊是爬滿青苔的高高河岸，你只要弓著身子，就可以順著像是由樹葉形成的隧道溯溪而上。他們走到第一座水波連連的棕色水池旁邊，立刻跪下來咕嚕咕嚕地狂飲，又把臉浸到水裡，再把雙臂也伸進水裡，讓溪水浸到手肘。

「好啦，」愛德蒙說，「那些三明治要怎麼辦？」

「哎呀，我們留起來不是比較好嗎？」蘇珊說，「也許以後我們會更需要呢。」

「我希望，」露西說，「既然我們已經不渴了，我們還可以像我們**渴的時候**一樣，不覺得餓呢。」

「可是，那些三明治要怎麼辦？」愛德蒙又說了一遍，「你把三明治留到都餿掉了也沒有什麼用。你可別忘了，這裡比英格蘭熱得多了，而我們把它們放在口袋裡走來走去已經有好幾個小時了。」於是他們把兩份三明治拿出來，分成四份。沒有人吃得飽，不過這已經比什麼都沒得吃要好多了。然後他們就討論起下一餐。露西主張回到海邊去抓些蝦，但是有人說他們沒有網子。愛德蒙說他們必須到岩石上找海鷗蛋，但是他們仔細一想，才發現沿路根本沒看到什麼海鷗蛋，而且就算找到，他們也沒辦法煮食。彼得心裡想，除非運氣好，不然能吃到生鳥蛋就該高興了，不過他覺得沒必要把這件事說出來。蘇珊說，真可惜，他們太快就吃掉三明治了。在這段時間裡，有一、兩個人幾乎要發脾氣了，終於愛德蒙說：

「聽著。我們只能做一件事，那就是到樹林裡去探查。隱士和武士遊俠這類的人，總是能在森林裡活下去，是因為他們會找根菜和野莓之類的東西吃。」

「是哪種樹根呀？」蘇珊問。

「我還一直以為是樹木的根呢。」露西說。

「拜託，」彼得說，「愛德蒙的話沒錯。我們得試著去做點事，況且這也比再到外面曬太陽要好。」

於是他們都站起來，沿著溪流前進。這其實是很困難的事，他們有時候得彎著身體走過樹枝下方，有時候還得越過枝葉爬過去，有時候他們跌跌撞撞地走過一大堆像是石南的植物，把衣服鉤破了，腳也踩到水裡而弄濕了。不過林子裡依然沒有一點聲音，只除了潺潺的溪水聲和他們弄出來的聲音。

就在他們已經快要厭煩透頂的時候，他們聞到一股芳香可口的味道，而後在溪流的右岸上方，有一片明亮的色彩出現在他們頭頂上空。

「哎呀！」露西驚叫道，「我相信那是一棵蘋果樹吧！」

果真，他們氣喘吁吁地爬上陡直的溪岸，硬著頭皮穿過一些荊棘叢，來到一株古老的樹木前，這棵樹上沉甸甸地掛著金黃色的蘋果，那些蘋果要多堅實多汁，就有多堅實多汁！

「這裡還不只是這棵樹呢，」愛德蒙嘴裡塞滿蘋果說道，「你們看那邊——還有那邊！」

「嘿，這裡有好幾十棵樹呢，」蘇珊說，她一邊丟掉她吃的第一顆蘋果的果核，一邊又去摘第二顆蘋果。「這裡很久以前一定是座果園，那時候這裡還不是荒野，樹木也都沒有長大。」

「那麼以前是有人住過這座島嘍。」彼得說。

「嘿，那又是什麼？」露西手指著前面說。

「天哪，是座牆耶！」彼得說，「是片古老的石牆呢。」

四個人在低垂的枝葉間一步一步往前走，終於走到牆旁邊。那是堵非常古老的牆壁，很多地方都破爛了，下頭爬滿青苔和桂竹香，不過它卻比所有的樹都高，只除了最高的幾株樹。他們走近這堵牆的時候，發現牆上有座好大的拱門，這拱門一定曾經有扇大門的，不過現在拱門中卻塞了一株最高大的蘋果樹。他們必須折斷一些樹枝，才能走過，一走過去，光線突然亮了起來，他們全都眨著眼睛。他們置身在一塊四周全是圍牆的寬闊地方。這裡沒有樹，只有同樣高度的青草、雛菊、常春藤，以及灰色的牆壁。這是一個明亮又安靜的祕密地方，有種很蒼涼的感覺。四個人走到中央，很高興終於能把腰挺直，自由地移動四肢了。

2

古老的藏寶室

這個地方有種教人悲傷又使人害怕的感覺，

因為這裡的一切似乎都是年代久遠而且被人遺棄了。

這也是為什麼至少有一分鐘的時間沒有一個人說半句話的原因。

「這不是花園耶，」不久蘇珊說了，「這是座城堡，那這裡一定是院子。」

「我知道妳的意思了，」彼得說，「沒錯。那是殘餘的塔身。那裡從前是一道階梯，通到圍牆的牆頂。你們看另外那些階梯——那些比較寬、比較平一點的石階——通向那邊那個門口。那一定是進到大廳的門。」

「看起來也是好久好久以前的事了。」愛德蒙說。

「是的，好久好久以前了，」彼得說，「真希望我們能知道從前住在這座城堡裡的是什麼人，而且是多久以前的事！」

「這裡讓我有種好怪的感覺喲。」露西說。

「是嗎，露露？」彼得說著轉過頭來緊緊盯著她。「因為我也有這種感覺呢。這是在這個怪異的一天裡頭最怪異的事了。不曉得我們究竟是在什麼地方，也不曉得這代表什麼意義？」

他們說話的同時也走過了庭院，穿過另外一道門，走進曾經是大廳的地方。這裡現在倒是很像庭院了，因為屋頂早就不見了，如今不過是另一個長滿野草和雛菊的空間，只是比較短也比較窄，而且四面的牆也比較高。在這個大廳的另一頭有一片高起的台子，大約比地面高三呎。

「我在想啊，這裡真的是大廳嗎？」蘇珊說，「那個像是台子的東西是什麼呀？」

「哎呀，妳真笨哪！」彼得說（他奇怪地激動了起來），「妳不知道嗎？這就是放國王和王公大人們坐的大桌子的台子啊！誰都會以為妳已經忘了我們曾經做過國王和女王，也在我們大廳的這種台子上坐過。」

「就在我們的凱爾帕拉瓦宮裡面嘛，」蘇珊用一種像在夢中發出的單調聲音接著說，「在納尼亞大河的河口啊，我怎麼可能忘掉呢？」

「哇，往事全都回來了！」露西說，「我們可以假裝我們現在就在凱爾帕拉瓦宮裡呀，這座大廳一定很像是我們在裡面舉行過盛大宴會的地方。」

「只可惜少了一場盛大宴會，」愛德蒙說，「現在天已經快黑了，你們知道。你看那些影子拉得多長呀。你們注意到了嗎？現在已經沒那麼熱了！」

「如果我們要在這裡過夜，就得生火，」彼得說，「我有火柴。我們去找找看能不能找到一些乾木頭。」

每個人都覺得這番話挺有道理，於是之後的半個小時，大家都忙得很。他們先前來到這座廢墟時所穿過的果園，其實並未讓他們找到木柴。他們就到城堡的另一邊去試試，先穿過一道小邊門走出大廳，走到一片像是迷宮一樣的高高低低的石頭地面，這裡原本一定是走道和小房間，只是如今裡頭全是蕁痲和野玫瑰。過了這裡，他們看到城堡牆壁上有個很大的開口，就穿了過去，走進一片森林，這裡的樹木更為陰暗，樹身也更粗大。他們在這裡找到很多枯枝、腐木、木棍和枯葉、樅樹堅果。於是他們來來回回搬了一捆捆的木柴，直到在大廳的高台上堆起好大一堆。在第五趟的時候，他們發現了一座井，就在大廳外頭，掩藏在野草下面，等他們把野草清乾淨以後，他們發現井裡的水很深，而且清澈。一段殘留的鋪石走道繞了半個井邊。之後兩個女生再去摘了些蘋果，男生就去生火，他們把火生在高台上，而且靠近兩面牆中間的角落，因為他們猜想這裡會是最舒服也最暖和的地方。火很不好點，他們用掉很多火柴，不過最後還是點著了。四個人終於能背對著牆、面向著火坐了下來。他們試過用棍子尖端叉著蘋果放在火上烤，可是烤蘋果沒有加糖可沒有那麼好吃，而且蘋果太燙手的時候你也沒辦法吃，等到蘋果涼了卻又不怎麼好吃了。所以他們有新鮮蘋果可吃也就心滿意足了，就像愛德蒙說的，這樣也好，可以使你發現學校伙食倒也沒那麼差——「這個時候我倒不介意來片厚厚的麵包，再加上植物奶油。」他加上一句。不過這時候他們的冒險正起勁呢，沒人真的想回學校。

吃完最後一顆蘋果，蘇珊去井邊喝點水。她回來的時候手裡拿著一樣東西。

「你們看！」她用一種像是哽咽的聲音說，「我在井邊找到的。」她把東西遞給彼得，人就坐下了。其他人看她的模樣、聽她的聲音，都覺得她好像要哭出來似的。愛德蒙和露西急忙把身子湊向前，想要看看彼得手裡是什麼東西——那是個亮亮的小東西，在火光下閃閃發光。

「啊，這——哎呀！」彼得說，他的聲音也很奇怪。接著他把東西交給其他人。

他們全都看到這是什麼東西了——這是一枚小小的武士棋子，它的大小普通，但卻出奇地重，因為是純金做的；武士騎的馬，眼睛是兩粒小小的紅寶石——或者應該說是一粒，因為另外一隻眼睛裡面的寶石已經掉了。

「嘿！」露西說，「這真像是我們從前在凱爾帕拉瓦宮裡當國王和女王時候下的棋子呢。」

「開心點吧，蘇珊。」彼得對他另一個妹妹說。

「我就是沒辦法呀，」蘇珊說，「它讓我回想起——喔，那麼快活的時光。我還記得跟人羊和好心巨人下棋的情形，還有人魚在海裡唱歌，還有我那匹漂亮的馬兒，還有——還有——」

「好啦，」彼得用很不一樣的聲音說，「現在我們也該開始用腦筋了。」

「那是為什麼啊？」愛德蒙問。

「你們沒有人猜得到我們在哪裡嗎？」彼得問。

「你說呀，你說呀，」露西說，「我一直覺得這個地方有很精采的謎團呢。」

「有話快說，彼得，」愛德蒙說，「我們都在聽呢！」

「我們就在凱爾帕拉瓦宮的廢墟裡。」彼得說。

「可是，」愛德蒙說，「我是說，你怎麼得出這樣的答案？這裡已經破爛了好多年。你看看那些一直長到大門那麼高的大樹，你看看那些石頭。誰都可以看得出，這裡有幾百年都沒有人住過了。」

「我知道啊，」彼得說，「這就是麻煩的地方。不過我們暫時先別管這個。我一件事一件事地說。首先，第一點，這間大廳跟凱爾帕拉瓦宮的大廳，形狀相同，大小也相同。你們只要想像這裡有個屋頂、長著野草的地方是彩色的通道、牆上掛著綴錦畫，這裡就是我們的皇室宴會廳。」

沒有人說一句話。

「第二點，」彼得接著說，「這座城堡的井和我們的井是在同樣的位置，都是在大廳南邊一點；而且這座井也和我們的井大小、形狀都一模一樣。」

還是沒有人說話。

「第三點，蘇珊剛才找到一顆我們的舊棋子——再不然就是和那些舊棋子長得一模一樣的東西。」

仍然沒有人回話。

「第四點。你們不記得了嗎？——就是在凱樂曼國王的使節來到的前一天——忘了你們在凱爾帕拉瓦宮北邊大門外的果園裡種樹嗎？山林裡最偉大的人——波蒙娜本人——還來為我們唸了吉祥咒語呀。真正在挖土的，是那些非常乖巧的小傢伙，也就是鼴鼠啊。那個鼴鼠首領，滑稽的老李力格羅夫倚著鏟子說：『您相信我，陛下，有一天您會很高興有這些果樹呢。』你們怎麼會忘了呢？哎呀，他還真沒有說錯呢！」

「我記得耶！我記得耶！」露西拍著手說。

「但是你看看這裡，彼得，」愛德蒙說，「這真是胡說八道！首先我告訴你，我們可沒把果樹直接種在大門下頭，我們才不是這種傻瓜哩。」

「當然不是啦，」彼得說，「可是後來樹就長到跟大門一樣高啦。」

「而且還有一件事，」愛德蒙說，「凱爾帕拉瓦宮不是在島上面。」

「對呀，我也一直在想這個問題。可是那裡是——是那個叫做什麼——半島——是個半島，那跟島幾乎是一樣的。可不可能在我們那段時間以後，那裡變成了一座島？比方說有人開了一條水道之類的。」

「等一下！」愛德蒙說，「你一直在說『我們那個時代』，可是我們從納尼亞回來才只是一年前的事。而你卻說在一年的時間裡，城堡坍塌了，茂密的森林也長出來了，我們親眼看到種下的小樹變成一棵又大又老的果樹，還有天曉得什麼事情！這些都是不可能的嘛！」

「還有一件事，」露西說，「如果這裡是凱爾帕拉瓦宮，那在這個台子上的這一頭應該有一扇門，而我們應該現在正是背對著那扇門坐著呢。你們知道的，那扇門是通到地下藏寶室的啊。」

「我猜這裡**並沒有**門。」彼得說著就站起來。

他們身後的牆是一大片蔓生的常春藤。

「我們很快就可以知道了。」愛德蒙說，然後他拿起一根他們擺放著準備丟到火堆裡的木棍，開始敲打爬滿常春藤的牆壁。木棍打在石造的牆壁上，發出「叩叩」的聲音；再敲，又是「叩叩」聲，再敲，突然間，這回是很不一樣的「空——空」聲，那是一種空洞的木頭聲音。

「天哪！」愛德蒙說。

「我們必須把這些常春藤清掉。」彼得說。

「哎呀，我們別管它啦，」蘇珊說，「我們可以明天早上再試試。如果我們非得在這裡過夜，我可不要背後有扇打開的門，還有個好大的黑洞，除了會有冷風和濕氣，任何東西都有可能從那裡跑出來。況且天馬上就要黑了。」

「蘇珊！妳怎麼可以這樣呢？」露西用責備的眼光看著她說。不過兩個男生早就興奮得要命，才聽不進蘇珊的話哩。他們用雙手和彼得的摺疊小刀把常春藤扯開，一直扯到小刀都斷掉，之後他們就用愛德蒙的小刀。他們原先坐著的地方很快就被常春藤蓋住了，最後他們終於把門清出來。

「鎖住了，當然。」彼得說。

「不過木頭全都爛掉了，」愛德蒙說，「我們要不了很久就可以把門扯成一小片一小片，而且它們還可以當柴燒，來吧。」

這段時間比他們預期的要久，所以他們還沒有弄完，大廳已經變暗，最早出現的一、兩顆星星都已經在他們頭頂的天空了。當男生們站在破木頭堆上，一邊把手上的泥巴搓掉，一邊朝著他們敲開來的陰冷而黑暗的開口往裡頭看的時候，感到不寒而慄的，可不只蘇珊。

「現在，我們要有火把。」彼得說。

「唉，這**有什麼**用嘛？」蘇珊說，「就像愛德蒙說的——」

「我現在可沒有說話喲，」愛德蒙打斷她的話。「我還是不明白，不過我們可以以後再討論。我想你是要下去嘍，彼得？」

「我們必須下去，」彼得說，「開心點吧，蘇珊。我們既然已經回到納尼亞，就不能再孩子氣了。妳是這裡的女王呢。況且，心裡頭要是有這樣子的謎團，任誰也睡不著覺的。」

他們先拿長棍子當作火把，但卻沒成功。如果你正舉著這根火把，它就會熄滅；如果你倒著拿火把，火就會燙到你的手，火把冒出來的煙也會燻痛你的眼睛。最後他們不得不用愛德蒙的手電筒了。幸好這把手電筒是個生日禮物，拿來還不到一個星期，所以電池幾乎是全新的。於是他就走第一個，手拿著電筒，接著是露西、蘇珊，彼得殿後。

「我走到樓梯的最下面一階。」愛德蒙說。

「你要邊走邊數喔。」彼得說。

「一——二——三，」愛德蒙一邊小心翼翼地往下走，一邊數著，一直數到十六。「現在我走到最底下啦！」他往回喊著。

「那這裡就真的是凱爾帕拉瓦宮了，」露西說，「那裡的台階數目是十六。」這以後，沒有人再說一句話，一直到四個人緊緊挨著站在樓梯最下層為止。這時候，愛德蒙把手電筒往四周照著。

「口歐——口歐——口歐——哇！」四個小孩同時說著。

因為這時候他們全都發現這裡的確是凱爾帕拉瓦宮的古老藏寶室，正是他們曾經以納尼亞王國的國王和女王身分統治過的地方。室內中央有走道（就像在暖房裡有條走道一樣），走道兩邊每隔一段距離就立著一套套富麗的甲冑，活像是守護著寶藏的武士們。在一套套甲冑中間，是擺滿寶物的架子，這些寶物有項鍊、手環、戒子、金盤金碗、長長的象牙、胸針、小皇冠和金鍊子，還有一堆堆未鑲的寶石任意堆在那裡，好像是彈珠或是馬鈴薯一樣——鑽石啦、紅寶石啦、紅玉啦、翡翠啦、黃寶石啦和紫水晶等等。架子下方擺著巨大的橡木箱子，箱子外還用鐵條加強，並且上著沉重的鎖。這裡面冷得教人難受，又安靜得聽得到自己的呼吸聲。寶物全都蒙上厚厚的灰塵，除非他們早已知道那些是什麼，並且記得大部分的情形，否則他們也不會知道那些是寶藏呢。這個地方有種教人悲傷又使人害怕的感覺，因為這裡的一切似乎都是年代久遠而且被人遺棄了。這也是為什麼至少有一分鐘的時間沒有一個人說半句話的原因。

然後呢，當然啦，他們就開始四處走動，還把東西拿起來瞧瞧，就像是和老朋友見面一樣。要是你也在場的話，你就會聽到他們說這樣的話：

「哇，你們看！這是我們的加冕戒子耶——你們記不記得頭一次戴上的情形？——嘿，這是那枚我們以為已經搞丟了的胸針呀！——哎呀，那不是你到寂島參加比武大會時候穿的甲冑嗎？——你記得那是矮人替我做的嗎？——你記不記得用那個牛角喝酒？——你還記得嗎？記得嗎？」

但是愛德蒙突然說話了：「大家聽著。我們不能浪費電池，誰知道我們會不會常常要用到它！我們是不是該趕快拿了我們要的東西就出去呢？」

「我們一定要把禮物拿走。」彼得說。很久以前在納尼亞王國的一次聖誕節，有人送他、蘇珊和露西一些禮物，他們對這些禮物比他們的整個王國還要珍視。愛德蒙沒有禮物，因為當時他沒有和他們在一起。（這是他的錯，你可以在另一本書發現原由。）

他們都同意彼得的話，於是就走到藏寶室另一頭的牆邊，果然，那些禮物仍然掛在那裡呢！露西的禮物是三人當中最小的，因為那只是個小瓶子，只不過這個小瓶子並不是玻璃瓶，而是鑽石做成的。而且瓶子裡仍然留有半瓶多的神奇果露，不管是何種傷口、痠痛，這果露幾乎都治得好。露西一言不發，神情肅穆地把她的禮物拿下來，把背帶背在肩頭，這時候她又再次感覺到從前背著它時那個瓶子在她腰際的情形。蘇珊的禮物是一把弓箭和一支號角。弓依然在，象牙做的箭筒裡也插著滿滿的綁著羽毛的箭，但是——

「喔，蘇珊，」露西說，「妳的號角呢？」

「啊，討厭！討厭！討厭！」蘇珊想了一下說道，「我現在想起來了。在最後一天，也就是我們去獵那頭白雄鹿的那天，我是帶著它的，它一定是在我們跌回另一個地方——也就是英格蘭——的時候弄丟的。」

愛德蒙吹起了口哨。這真是天大的損失，因為這可是個魔法號角，不管你在什麼時候、在什麼地方，吹它，救兵一定會到。

「就是在這種地方妳隨時會用得上的東西嘛。」愛德蒙說。

「沒關係啦，」蘇珊說，「我還有這把弓啊。」她搖了搖弓。

「弓弦沒有壞掉嗎，蘇珊？」彼得說。

不知道是不是這間藏寶室的空氣裡有什麼魔法，這把弓仍然可以用。箭術和游泳是蘇珊最拿手的本事。很快她就彎起弓，輕輕撥了一下弦。弓弦發出「嚓嚓」的響聲，迴盪在整間房裡。就這麼一個小小的聲音，卻比任何到目前為止發生過的任何事都能將過往的歲月帶回這些孩子的心中。所有的戰役、打獵、宴飲，全都一股腦兒地湧進他們腦中。

然後她把弓弦轉鬆，把箭筒背在身旁。

接著，彼得也去拿下他的禮物，那是一面有紅色獅子圖樣的盾牌和皇家寶劍。他先用嘴對著它們吹，又把它們在地上敲，好除去上頭的灰塵。他把盾牌拿在手臂上，又把寶劍拿在身側。起先他還害怕劍會生鏽，卡在劍鞘裡面，幸好沒有。他一個迅速的動作就把劍抽出，高高舉起，只見劍身在手電筒光的照射下閃閃發亮。

「這是我的寶劍，『雷動』，」他說，「我用它殺死那匹狼的。」他的聲音裡有一種新的口氣，其他人都覺得他又成了「彼得大王」了。短暫的停頓之後，他們全都想起來必須節省電池了。

於是他們再爬上樓梯，生了一團熊熊烈火，為了取暖，彼此挨得很近地躺下來。地面又硬又不舒服，不過最後他們還是睡著了。

3
矮人

矮人說，「你們對我有救命之恩，所以當然是應該聽你們的嘛，
可是我簡直不知道要從哪兒說起呢。
首先我要說，我是賈思潘國王的信差。」

露宿屋外最慘的地方是，你會七早八早就醒來，而當你醒來以後，就必須起來，因為地面硬得使你非常不舒服。如果早餐只有蘋果可吃，前一天的晚餐也只有蘋果，你的情況就會更慘。所以當露西說——而且這話也很真確——這是個美好的早晨時，你似乎也找不出還有別的事可以稱道。愛德蒙倒是說出每個人心裡的感覺：「我們必須離開這座島。」

他們喝了井水，用水潑了潑臉孔之後，就再次順著小溪往下游走，來到了海岸上，然後盯著將他們和陸地隔開的水道。

「我們必須游過去才行。」愛德蒙說。

「蘇珊是沒問題的，」彼得說（蘇珊在學校游泳比賽得過獎），「可是其他人我就不知道了。」他說的「其他人」，其實是指游不了學校浴室兩倍長距離的愛德蒙和根本不會游泳的露西。

「不管怎麼說，」蘇珊說，「這裡或許會有暗流。爸爸說到你不熟悉的地方游泳是很不智的。」

「但是，彼得，」露西說，「你看。我知道我在家裡——我是說，在英格蘭——一點也不會游，但是，可不可能我們在很久以前——如果那真的是很久以前的話——我們都是納尼亞的國王和女王的時候，那時候是會游泳的呢？那時候我們也能騎馬，還會做各種各樣的事情。你們不覺得——」

「哎呀，可是我們那時候算是大人了呀，」彼得說，「我們統治了好多好多年，也學會去做很多事。我們現在不是才回到我們確實的年齡嗎？」

「噢！」愛德蒙的聲音讓每個人都停止說話，而聽他說。

「我完全明白了。」他說。

「明白什麼？」彼得問。

「這整件事呀，」愛德蒙說，「你知道我們昨天晚上還弄不清楚的事情啊，就是說我們離開納尼亞才一年，但是每件事情看起來都好像凱爾帕拉瓦宮已經有好幾百年都沒有人住過的樣子嗎？這個嘛，你們還看不出來嗎？你們知道，不管我們在納尼亞住了有多久，只要我們從衣櫥裡回來，都像是一點時間都沒有變過嗎？」

「再說下去，」蘇珊說，「我想我漸漸明白了。」

「這就表示說，」愛德蒙繼續說，「只要你出了納尼亞，你就不知道納尼亞那裡的時間是怎麼樣過的了。所以，我們在英國只過了一年，為什麼納尼亞就不能過了好幾百年？」

「天哪，愛德蒙，」彼得說，「我相信你猜對了。如果是那樣的話，我們住在凱爾帕拉瓦宮就的確是好幾百年前的事了。而現在我們回到納尼亞，這就像我們是十字軍或盎格魯撒克遜人，或者是兩千年以前的古代不列顛人回到了現在英國一樣！」

「他們看到我們會有多麼興奮呀——」露西才開始說，但同時其他每個人都說：「噓！」或者「看！」因為此刻有件事情發生了。

在對面那片陸地上稍稍靠他們右邊的地方，有片長著森林的岬角，他們都很相信那個岬角再過去，一定是河口。這時候，他們看到一艘小船繞過那個岬角，之後小船就轉過頭，開始順著那條水道朝他們划過來。小船上有兩個人，一個人在划船，另一個人坐在船尾，扶著一個大袋子，袋子又扭又動的，好像是活的一樣。這兩個人看起來似乎都是軍人，頭戴盔帽，身穿鐵環做成的鎖子甲。他們的臉上都留著鬍子，看起來冷酷無情。四個孩子立刻從海灘上退進樹林裡，動也不動地觀察他們。

「這樣就行啦。」小船划到他們對面，這時坐在船尾的士兵說。

「我們把他腳上綁塊石頭，你看怎麼樣呀，軍士？」另一個士兵靠在槳上休息，一邊問。

「呸！」船尾的士兵咆哮道，「我們用不著石頭，況且也沒有帶。只要我們繩子沒捆錯，不要石頭也包准淹死。」說完這些話他就站起來，把那個大包袱抬起來。彼得現在才看到，那果真是活的，而且其實是個矮人，雙手雙腳都被綁住了，但還是拚命掙扎著。下一刻他就聽到身邊一聲「咻」的聲音，那個士兵雙臂往上一甩，把矮人摔到了船底，自己就落水了。他慌亂地游向另一邊的岸上，彼得知道蘇珊的箭射中了他的頭盔。他轉過頭去，看到蘇珊臉色蒼白，但是已經把第二根箭搭在弦上。不過這枝箭倒沒有用上。另一名士兵眼見同伴倒下，立刻大叫一聲，從船的另一邊跳出去，也狂亂地在水裡游著（水深顯然不及他的身高），而後消失在那塊陸地的森林中。

「快點！不然船要漂走了！」彼得大喊。他和蘇珊兩個人衣服都穿得好好的，這時候他們跳進水裡，水還沒有淹到他們肩膀，他們的手就已經抓住船的一邊了。不到幾秒鐘，他們已經把船拖到岸邊，並且把矮人抬出來，愛德蒙也忙著用小刀割斷綁住矮人手腳的繩子。（彼得的劍其實會更利，不過這種工作用劍來做會很不方便，因為在低於劍柄的地方，你就沒法子使劍了。）矮人鬆開四肢後坐了起來，揉揉手臂和雙腿，嘆道：

「哎呀，不管他們怎麼說，你們都不像是鬼嘛！」

他和大部分的矮人一樣，也是矮矮壯壯，駝著個背。如果他站起來，高度會是三呎左右，大把的紅色絡腮粗鬍子遮去大半張臉，只看到一個尖鼻子和一對閃亮的黑眼睛。

「總而言之嘛，」他繼續說，「不管是不是鬼啦，各位救了我的命，我對各位感激不盡。」

「可是為什麼會說我們是鬼呢？」露西問。

「我一輩子都聽人這麼說，」小矮人說，「他們說這邊海岸的森林裡，不但長滿了樹，也滿是鬼魂。人家是這麼說的。所以他們想要除掉誰，就把誰帶到這裡（就像他們帶我來這裡一樣），還說要把那個人留給鬼魂來對付。不過我老是猜想他們其實是把人給淹死，或是割他們的喉嚨。我從來也不很相信鬼魂的事。不過你們剛才開槍打的那兩個膽小鬼倒是相信。他們比我還怕來這裡哩！」

「噢，」蘇珊說，「這麼說來，他們就是因為這樣才都逃走嘍？」

「呃？那是怎麼回事？」矮人說。

「他們逃走了。」愛德蒙說，「逃到陸地上了。」

「我射箭不是要射死他們，你知道。」蘇珊說。她不希望任何人以為她在這麼近的射程裡還射不準。

「哎呀，」矮人說。「這可不妙了。恐怕以後會有麻煩呢，除非他們為了保命閉上嘴巴。」

「他們為什麼要淹死你呢？」彼得問。

「喔，那是因為我是個危險的罪犯呀。」矮人開開心心地說，「不過這件事說來話長哩。這會兒呢，我在想你們是不是要請我吃個早餐呢？你們不知道我被處了刑，這讓我多麼有胃口呢！」

「我們這裡只有蘋果。」露西黯然說。

「總比沒有好，不過還是比不上新鮮的魚，」矮人說，「看起來好像反而要我請你們吃早餐一樣。我看到那條船上有些釣具。況且我們也必須把那條船弄到島的另一面，我們可不希望有人從陸地上過來，看到它。」

「我早該想到的。」彼得說。

於是四個孩子和矮人一起走到岸邊，吃力地把船推離了岸，然後再翻進船裡。矮人立刻就主導了整個場面。船槳對他來說當然是太大了，所以就由彼得來划船，矮人就指引他們沿著水道朝北走，然後很快再往東邊走，繞過島的尖端。從這裡孩子們就可以看到河的來路，以及再過去的海岸上所有的海灣和海岬。他們以為能夠認出一小部分，但是那些樹木在他們那個時代之後已經長大，使一切看起來都很不同。

船划到小島東邊的大海上時，矮人就開始釣魚了。他們釣了好多美麗的彩虹魚，他們記得從前在凱爾帕拉瓦宮裡吃過。釣夠了魚，他們就把船往一條小溪流上游划，再把小船綁在一棵樹上。矮人非常能幹（說實在話，雖然你常會遇見壞的矮人，但是我還從沒有聽說過哪個矮人是傻瓜的），把魚剖開，洗乾淨，然後說：

「好啦，我們還需要一些柴火。」

「我們城堡那裡有一些。」愛德蒙說。

矮人低聲吹了聲口哨。「哎喲！」他說，「這麼說來，是有座城堡嘍？」

「只不過是城堡的遺址罷了。」露西說。

矮人用一種很奇怪的表情逐一打量他們四個。「那麼究竟——」他才開口，但又打住了，改口說：「不要緊。還是先吃早餐吧。但是我們繼續下去之前還有一件事：你們能不能手放在胸口上，實實在在地告訴我說我還活著？你們確定我沒有淹死，而我們不是全都做了鬼嗎？」

他們全都向他保證不是這樣，於是下一個問題就是要怎麼拿這些魚。

他們既沒有繩子可以把魚給串起來，也沒有籃子可以裝魚。最後他們只得利用愛德蒙的帽子了，因為別人都沒有帽子。要不是愛德蒙現在已經餓得不像話，他保證會對這件事大驚小怪的。

起初矮人在城堡裡似乎並不很自在，他一直四下張望、嗅聞，並且說：「唔，這裡看起來還是有點陰氣森森，聞起來也像有鬼的樣子。」不過在生火的時候他就開心了起來，還教他們怎樣在餘燼中燒新鮮彩虹魚。要吃燒得滾燙的魚，卻沒有叉子，只有一把小刀給五個人輪流用，這場面簡單是混亂不堪，這一頓還沒吃完，已經有好幾隻手指頭被燙到了，不過他們從五點鐘就醒了，現在已經是九點，所以也沒有人那麼在意手指頭被燙了。等每個人都吃完了，又喝了些從井裡取的水，還吃了一、兩個蘋果以後，矮人拿出一只跟他手臂一樣大小的菸斗，裝上菸絲，點燃，吐出一大口芳香的煙氣，說道：「好啦。」

「你先告訴我們你的故事，」彼得說，「我們再把我們的故事告訴你。」

「這個嘛，」矮人說，「你們對我有救命之恩，所以當然是應該聽你們的嘛，可是我簡直不知道要從哪兒說起呢。首先我要說，我是賈思潘國王的信差。」

「他是誰呀？」四個聲音同時說。

「納尼亞國王賈思潘十世，願上天保佑他長長久久統治下去！」矮人回答道，「也就是說，他應該做納尼亞國王，我們也希望他能。但是目前他只是我們這些古納尼亞人的國王而已──」

「你說『古』納尼亞人，請問那是什麼意思？」露西問。

「哎呀，就是我們呀，」矮人說，「我想我們可以算是一種叛軍　。」

「我懂了，」彼得說，「賈思潘是古納尼亞人的首領。」

「嗯，可以這麼說，」矮人說著，搔了搔腦袋。「不過他其實是新納尼亞人，他是個坦摩人，如果你懂我的意思的話。」

「我不懂。」愛德蒙說。

「這比『薔薇戰爭』還糟糕呢。」露西說。

「噢，糟了，」矮人說，「我說得真差勁呢。這樣吧，我想大概得從頭開始，告訴你們賈思潘是怎麼樣在他叔叔的宮中長大，以及他怎麼會跟我們站在一起的經過。可是這故事說起來就長嘍！」

「那更好，」露西說，「我們最愛聽故事了。」

於是小矮人就好整以暇地說起他的故事了。我不想把他說的話完全告訴你們，並且把孩子們的問話和打岔都寫出來，因為那樣會花太長的時間，而且那樣子會讓人看得迷迷糊糊，也會遺漏一些孩子們後來才聽到的地方。以下就是這個故事的大概內容，也是孩子們後來知道的情形。

4

矮人說起賈思潘王子的故事

我會以為我看到很遠的地方有人羊和賽特爾在跳舞，

可是等到我走過去，卻什麼也沒有。

我經常很絕望，但是卻總會有事情使我重新燃起希望。

在納尼亞中部一座宏偉的城堡裡，住著賈思潘王子和他的叔叔——納尼亞國王米拉茲——及嬸嬸，她有一頭紅髮，人稱普娜普麗絲米亞王后。賈思潘的父母雙亡，他最愛的人是他的保母。他身為王子雖然有很棒，除了能和他聊天以外幾乎什麼事都能做的玩具，但是他最喜歡的還是一天快要結束，所有的玩具都擺回櫥櫃裡的時候，他的保母就會說故事給他聽。

他和叔叔嬸嬸並不親，不過每星期他叔叔會召見他兩次，他倆就會在城堡南邊的陽台上來回散步個半小時，有一天，正在散步時，國王對他說：

「孩子呀，我們很快就要教你騎馬使劍了。你知道我和你嬸嬸沒有孩子，所以看來你要在我走了以後當國王。你覺得怎麼樣啊？」

「我不知道呢，叔叔。」賈思潘說。

「不知道？」米拉茲說，「喲，我倒想知道有誰還嫌這不夠！」

「不過我**確實**很希望一件事。」賈思潘說。

「你希望什麼事？」國王問。

「我希望——我希望——我希望我能夠活在『古代』。」賈思潘說。

（這時候他還是個很小的孩子。）

米拉茲國王到現在為止一直是用有些大人會有的那種厭倦的語氣說著話，這種語氣教人一聽就知道其實他們對你說的話一點興趣都沒有，不過現在他卻突然給賈思潘一個銳利的眼光。

「呃？那是什麼？」他說，「你說的古代是什麼意思？」

「噢，您不知道嗎，叔叔？」賈思潘說，「那時候每件事都和現在不一樣啊。那時候動物都能開口說話呀，還有很好的人，他們住在溪裡和樹上呀，人家都叫他們是水精靈和樹精。還有矮人呀，還有在所有森林裡都有的可愛的小人羊呀，他們的腳像山羊。還有……」

「那些都是胡說八道，騙小孩子的，」國王嚴峻地說，「只有小娃娃才會信，你聽到了嗎？你已經長大了，怎麼還會相信這種東西？你這個年紀，心裡應該想些打仗和冒險的事，不是童話故事。」

「噢，可是從前那個時候**也是有**戰爭和冒險的呀，」賈思潘說，「都是些精采的冒險呢。從前有個白女巫，自稱是整個大地的女王，還把氣候變得永遠是冬天。後來從某個地方來了兩個男孩和兩個女孩，他們殺死了白女巫，大家就推他們為納尼亞的國王和女王，他們的名字是彼得、蘇珊、愛德蒙和露西。他們統治了好久好久，每個人都很快活，那都是因為亞斯藍——」

「他是誰？」米拉茲說。要是賈思潘年紀再大一點點，他叔叔的語氣就會警告他最好是閉上嘴。但是他卻依然說個不停。

「啊？您不知道嗎？」他說，「亞斯藍就是那頭從海那邊來的偉大獅子呀。」

「這些胡說八道的事情是誰告訴你的？」國王聲如雷鳴地說。賈思潘很害怕，一句話也不敢說。

「殿下，」米拉茲國王說著，放開他先前一直握住賈思潘的手，「我堅持要你回答我。你看著我。是誰一直在告訴你這一堆謊話的？」

「是——是保母。」賈思潘遲疑地說著，急出了眼淚。

「不准再說了！」他叔叔說著，一邊抓住賈思潘的肩膀搖著。「不准！

你絕對不要再讓我逮到你說這些胡扯的故事——連**想**也不准**想**！從來就沒有那些國王和女王！怎麼可能同時間有兩個國王呢？而且也沒有什麼亞斯藍這個人，也沒有什麼獅子不獅子的。這裡從來也沒有什麼動物還能說話的時代。聽到了嗎？」

「是的，叔叔。」賈思潘抽泣著說。

「那麼我們就再也不要聽到這種事情。」國王說道。然後他就召喚了站在陽台另一頭眾多侍從中的一個，冷冷地說：「送王子殿下回他的住處，要王子殿下的保母立刻過來見我！」

第二天，賈思潘才發現他做了多麼可怕的事，因為保母被派到別處，還不准跟他道別；還聽說他要有個家庭教師了。

賈思潘十分想念保母，流了不少淚；又因為他非常難過，他對納尼亞的故事就想得更多。他每天晚上都夢到矮人族和森林女神們，又很努力地想要讓城堡裡的貓呀狗呀跟他說話。但是狗兒只會搖搖尾巴，而貓咪也只會咪嗚咪嗚地叫。

賈思潘覺得他一定會討厭那個新的家庭教師，然而新老師來了一個星期左右，卻是個你幾乎不可能會不喜歡的人呢。他是賈思潘看過個子最小，卻又最胖的人。他留著一把長長尖尖的銀白鬍子，垂到腰間；他的臉孔是土黃色，布滿了皺紋，很醜，但是很有智慧，也很和善的樣子。他的聲音很嚴肅，眼神卻是愉快的，所以，除非你跟他很熟了，否則你很難知道他究竟是在開玩笑，或者是很正經。他叫做柯內留斯博士。

柯內留斯博士所有的課程裡，賈思潘最喜歡的就是歷史。到現在為止，除了保母的那些故事以外，他對納尼亞的歷史一無所知，所以他很驚訝地發現，原來他們這個皇室家庭在這個國家還是新來的呢。

「殿下，您的祖先，賈思潘一世，」柯內留斯博士說，「他最先征服了納尼亞，使它成為他的王國。他把你們所有的後人帶到這個國家。你們根本不是納尼亞人，而是坦摩人——就是說呀，你們全是坦摩那兒的人，那裡在西方山脈還要過去的地方。賈思潘一世就是因為這才被稱作『征服者賈思潘』呢。」

「博士，請問您，」有一天，賈思潘問道，「在我們從坦摩來到這裡以前，誰住在納尼亞？」

「坦摩人占領納尼亞以前，這裡是沒有人住的——或者說是沒有多少人住的。」柯內留斯博士說。

「那我那些先祖們征服的是什麼？」

「殿下，您該說『征服的是誰』，」柯內留斯博士說，「或許我們現在該從歷史課改上文法課了。」

「噢，求求您，還不要嘛，」賈思潘說，「我是說，不是有打過仗嗎？如果我的祖先沒有打仗的對象，為什麼人家會叫他是『征服者賈思潘』？」

「我說過，從前納尼亞的人很少。」博士說著，透過他那副大眼鏡用很怪異的神情盯著男孩。

一時間，賈思潘給他弄得一頭霧水，然後他突然間豁然開朗了。「你是說，」他倒抽了一口氣，「那時候還有別的東西在？您是說那就像是故事裡說的一樣？那時候真的有——」

「噓！」柯內留斯說罷，把頭湊近賈思潘的腦袋。「一個字也別說了。您難道不知道您的保母就因為告訴您古納尼亞的事才被趕走了嗎？國王不喜歡這樣。如果他大人發現我把祕密告訴您，您會受到鞭笞，而我也一定會腦袋不保。」

「可是為什麼呢？」賈思潘問。

「現在我們該上文法課啦，」柯內留斯博士大聲說著，「請殿下打開西卡斯的文法書第四頁。」

這以後一直到午餐時間，他們之間就全都是名詞啦、動詞啦的東西，可是我不認為賈思潘學到很多。他太興奮了。他很確定，柯內留斯博士要不是遲早會告訴他更多事情，一定不會說這麼多的。

這一點他倒是沒有失望。幾天後他的家庭老師說：「今天晚上我要給您上一堂天文課。半夜有兩顆重要的行星——塔瓦星和阿藍比星——會以一度之差的距離交錯而過。這樣的星體會合已經有兩百年沒有出現了，而殿下您在有生之年也不會再看見。希望您比平時早一些就寢，當星體會合時間將近的時候，我會過去喚醒您。」

這和古代納尼亞似乎沒有任何關係，而後者才是賈思潘真正想聽的，不過在半夜起來總是一件有趣的事，所以他還算開心。當天晚上他上床的時候以為自己會睡不著，但是他卻很快就睡著了，似乎沒有幾分鐘之後，他就感覺有人在輕輕搖他。

他從床上坐起來，只見房裡灑滿月光。柯內留斯博士站在他床邊，裹在一件有兜帽的袍子裡，手上拿著一盞小燈。賈思潘立刻想起來他們要去做什麼。於是他很快起來，穿上衣服。雖然這是個夏天夜晚，他卻覺得比平常還要冷，所以他很高興博士讓他披上一件和他同樣的袍子，還給了他一雙又暖又輕的半統靴穿。一會兒，師生二人就走出房間，他們披著袍子，在暗黑的走廊上幾乎不會被人看到；又因為穿著那樣的靴子，所以幾乎不會發出任何聲音。

賈思潘跟著博士走過許多通道，爬了好幾座樓梯，終於在穿過一扇角樓上的門之後，他們來到樓頂鋪的鉛板地面上。這裡一邊是城垛，另一邊是陡斜的屋頂，在他們下方是城堡的花園，暗影幢幢，光點閃爍；在他們上方，則是星星和月亮。很快他們走到第一扇門前，這扇門通到整座城堡的中央高塔。柯內留斯博士把門鎖打開，兩人開始爬那道暗黑，盤旋而上的塔中樓梯。賈思潘非常興奮，他一直都被禁止爬上這道樓梯呢。

這道樓梯又斜又長，不過他終於還是爬到塔頂，賈思潘也回復了呼吸，這時候，他覺得這一趟是值得的。在他的右邊遠方，依稀可以看見「西方山脈」。左邊則是「大河」的波光，一切都是如此的安靜，他甚至可以聽到一哩外「海狸水壩」的瀑布水聲。他們毫不費力地就找出他們前來觀看的兩顆星了。它們低垂在南方天空，像是兩枚月亮般明亮，彼此挨得很近。

「它們會撞在一起嗎？」他用充滿敬畏的語氣問。

「不會的，親愛的王子，」博士說（而他也悄聲說著話呢），「高高在上偉大的神太清楚這些星球的舞步了，才不會讓它們相撞哩。您可要仔細看好它們喔。它們的相會是吉兆，代表納尼亞這片哀傷的領土會有喜事呢。

『勝利之神』塔瓦星向『和平女神』阿藍比星致敬。它們正好到達最靠近的地方。」

「好可惜有樹擋著了。」賈思潘說，「如果我們在『西塔』上看，就真的可以看得比較清楚了，不過它沒有這裡高。」

大約有兩分鐘的時間，柯內留斯博士一句話也沒說，只是動也不動地站在那裡，眼光盯著塔瓦和阿藍比兩顆星。

「好啦，」他說，「您已經看到現在的活人沒有一個曾經看過，以後也不會再看到的現象了。您的話沒錯，我們在比較小的塔頂上會看得更清楚。不過我帶您來這裡是另有原因的。」

賈思潘抬頭看他，但是博士的兜帽遮住他大半的臉。

「這座塔的好處呀，」柯內留斯博士說了，「是在我們正下方有六間空房間，還有一道長長的樓梯，而且樓梯底部的那扇門是鎖上的。所以不會有人聽到我們說話。」

「您要告訴我那一天您不肯告訴我的事嗎？」賈思潘問。

「是的。」博士說，「但是切記，除了在這裡——在這座『大塔』的塔頂上——之外，我們絕對不可以談起這些事。」

「好。一言為定，」賈思潘說，「但是請您繼續說下去吧。」

「聽著，」博士說，「您聽說過的古納尼亞的事情，全都是真的。它不是人類的土地，而是亞斯藍的國家，那裡的樹木是醒著的，還有看得見的水精靈、有人羊和賽特爾、有矮人和巨人、有神仙和人馬，還有能言獸。賈思潘一世攻打的就是這些。你們坦摩人使野獸不再說話，使樹木和山泉安靜無語；你們殺死了矮人和人羊，還把他們趕走，而現在你們更想把對他們的記憶也抹去。國王不准人提到他們。」

「喔，我真希望我們不要這樣做，」賈思潘說，「而且我也很高興這些是真的事，雖然事情已經過去了。」

「你們那族有很多人都偷偷地希望呢。」柯內留斯博士說。

「咦，博士，」賈思潘說，「您為什麼說『我的族人』？您不也是坦摩人嗎？」

「我是嗎？」博士說。

「哎呀，反正您也是個人嘛！」賈思潘說。

「我是嗎？」博士用更深沉的聲音又說了一遍，同時把他的兜帽往後撥，如此一來，賈思潘就可以清楚地在月光下看到他的臉了。

突然間，賈思潘明白真相了，他只覺得他早就該明白才對。柯內留斯博士這麼小，這麼胖，還留了非常長的鬍子。這時同時有兩個念頭閃過他腦中：一種是恐怖的想法——「他不是真正的人，根本不是個人，是個**矮人**，他把我帶到這裡來殺掉！」另一種想法就完全是歡喜的念頭了——「現在仍然有真正的矮人呢，我終於見識到一個了。」

「好啦，您終於猜到啦，」柯內留斯博士說道，「或者是幾乎猜對了吧。我不是純粹的矮人，我體內也有人類的血液。許多矮人在那些大戰中逃脫，活了下來，他們把長鬍子剃掉，穿著高跟的鞋子，假裝自己是人類。他們和你們坦摩人混雜在一起，而我就是這些人當中的一個，我只算是半個矮人，而我的家族——真正的矮人——如果還在世界上哪個地方活著，絕對會瞧不起我，罵我是叛徒的。可是這麼多年來，我們從沒有忘記我們的族人，和納尼亞所有其他快樂的生物，以及失去許久的自由。」

「我──我很抱歉，博士，」賈思潘說，「這不是我的錯，您知道的。」

「我說這些事情，並沒有要責怪您的意思，親愛的王子，」博士回答，「您可以儘管問我為什麼要說這些。不過我有兩個理由：第一，因為我這顆蒼老的心，已經承受這些祕密的回憶太久了，所以總會想起來就痛心，如果我不把它們偷偷告訴您，只怕我這顆心會爆開來呢。而第二個原因呢，是希望當您登基成為國王以後，能夠幫助我們，因為我知道，您雖然是坦摩人，但是您也喜愛古老的事物。」

「是呀，是呀，」賈思潘說，「可是我要怎麼幫忙呢？」

「您可以好心地對待像我這樣的矮人族剩下的人。您可以召集學問精深的魔法師，找出把樹木再次喚醒的方法。您可以搜索所有隱蔽的地方和蠻荒的地方，看看是不是還有人羊或是矮人仍然活著，只是藏了起來。」

「您認為還會有嗎?」賈思潘急切地問。

「我不知道——不知道呢,」博士深深嘆口氣說道,「有時候我擔心恐怕是沒有了。我這一輩子都在找尋他們的蹤跡。有時候我認為我聽到山裡面有矮人打鼓的聲音。有些夜裡,在森林裡,我會以為我看到很遠的地方有人羊和賽特爾在跳舞,可是等到我走過去,卻什麼也沒有。我經常很絕望,但是卻總會有事情使我重新燃起希望。我也不知道。不過至少您可以做個像從前的彼得大帝那樣的國王,而不要像您的叔叔。」

「這麼說來,那些國王和女王,還有『白女巫』的事,都是真的嘍?」賈思潘說。

「當然是真的,」柯內留斯說,「他們的統治期是納尼亞的黃金時代,這塊土地從沒有忘記他們。」

「他們住在這座城堡裡嗎,博士?」

「不是,我親愛的孩子,」老人說,「這座城堡才建造不久,是您的高祖父建造的。那兩個亞當的兒子和兩個夏娃的女兒被亞斯藍任命為納尼亞國王和女王的時候，他們是住在凱爾帕拉瓦宮裡。現今沒有一個人見過那塊福地，或許連它的遺跡都已經消失不見了呢。不過我們相信它離這兒很遠，在海岸上的『大河』出海口那裡。」

「呃！」賈思潘一陣戰慄說道。「您是說在『黑森林』裡？就是——就是有鬼的那個地方嗎？」

「殿下說得像是有人教過您一樣，」博士說，「不過那些全是騙人的。那裡沒有鬼，那都是坦摩人編造的故事。您那族的國王怕海怕得要命，因為他們不太忘得了所有故事裡都說亞斯藍是從海上過來的。所以他們不想走近海，也不要其他人走近海。他們還任由樹林繁茂地生長，讓他們的百姓走不到海岸。可是因為他們曾經和樹木打鬥過，所以他們也害怕樹林；而由於他們害怕樹林，他們就想像樹林裡都是鬼魂。國王和那些大人物，討厭大海也討厭樹木，所以他們半信半鼓勵這些故事。如果納尼亞沒有人敢走到海邊，朝海上眺望——望著亞斯藍的陸地和清晨，以及世界的東端，他們會覺得安全得多。」

他倆之間有一段深沉的寂靜，而後柯內留斯博士說：「走吧。我們在這裡夠久了，該下去回床上睡覺了。」

「我們非得走嗎？」賈思潘說，「我還想繼續談這些事，談上好幾個好幾個小時呢。」

「如果我們這麼做，恐怕會有人開始找我們了。」柯內留斯博士說。

5

賈思潘在山中的冒險

親愛的王子，您必須立刻離開這座城堡，
到廣大的世界裡尋找您的機遇。
您的生命在這裡是非常危險的。

這以後，賈思潘和他的老師在「大塔」塔頂上又有好多次的密談，每次談話過後，賈思潘對古納尼亞就有更多的了解，因此他的空閒時間，幾乎全被夢想從前的日子和希冀它們能重返所填滿。不過實際上他的空閒時間也沒有很多，因為他的課是越來越重了。除了學習宇宙誌、修辭學、紋章學、作詩，當然還有歷史，再加上一點法律、物理、鍊金術和天文學之外，他還學鬥劍、騎馬、游泳、跳水、射箭。至於魔法，他只學了理論，因為柯內留斯博士說，魔法的實際部分並不適合王子學習。「至於我本人，」他加上一句，「只不過是個非常不精湛的魔法師，只能做最小的實驗。」而航海呢，（博士說：「這是一門高貴而且英勇的藝術。」）他什麼也沒有學，因為米拉茲國王不喜歡船隻和海洋。

他也運用他的眼睛和耳朵學到許多。他還小的時候，時常會納悶自己為什麼不喜歡嬸嬸，普娜普麗絲米亞王后，現在他明白了，那是因為她不喜歡他。他也開始看出來，納尼亞是個不快樂的國家，稅繳得多，法律嚴苛，米拉茲又是個殘暴的人。

過了幾年，有一段時間，王后似乎生病了，城堡裡紛擾忙亂了好一陣，大夫們也來了，朝臣竊竊私語。這是初夏時分。一天晚上，城堡裡依然這麼混亂，賈思潘突然被柯內留斯博士叫醒，他才上床睡了幾個小時。

「我們要上天文課嗎，博士？」賈思潘問。

「噓！」博士說，「請您相信我，照我的話去做。穿好衣服，眼前有一趟漫長的旅行呢。」

賈思潘驚訝極了，不過他已經知道要對家庭老師有信心，所以立刻照著他的話做。穿好衣服後，博士說：「我拿了一個旅行袋給您，我們必須進到隔壁房間，把殿下晚餐桌上的食物裝進去。」

「那裡會有我的侍從耶。」賈思潘說。

「他們睡得正熟，不會醒來的。」博士說，「我雖然是個小魔法師，不過我至少**還能**施法術讓人睡著。」

他們走到前廳，果然，兩名侍從正癱在椅子上，大聲打著呼呢！柯內留斯博士很快地切了一塊剩下的冷雞肉，和幾片鹿肉，連同麵包和一、兩顆蘋果、一小瓶好酒，一起放進旅行袋，再遞給賈思潘。這個旅行袋有一條背帶可以背在賈思潘的肩膀上，很像是上學用的書包。

「劍帶了嗎？」博士問。

「帶了。」賈思潘說。

「那把這件斗篷罩上去，蓋住劍和旅行袋。對啦。現在我們必須去到『大塔』談談。」

他們走到塔頂（這個晚上天空陰暗，一點也不像他們看到塔瓦星和阿藍比星交會的那個晚上）以後，柯內留斯博士說：

「親愛的王子，您必須立刻離開這座城堡，到廣大的世界裡尋找您的機遇。您的生命在這裡是非常危險的。」

「為什麼呢？」賈思潘問。

「因為您是納尼亞真正的國王：賈思潘十世，是賈思潘九世的兒子及繼承人。殿下萬歲——」突然這個小個子男人一個膝蓋落地，親吻他的手，把他嚇了一跳。

「這是怎麼一回事呀？我不懂耶！」賈思潘說。

「我不知道您為什麼從來沒有問過我，」博士說，「您既然是賈思潘國王的兒子，卻又為什麼不是國王？除了殿下您以外，每個人都知道米拉茲篡了王位。他剛開始統治國家的時候，根本還不敢自稱為王哩，他自稱是攝政。可是後來您的母親去世了，她是個好王后，也是唯一善待我的坦摩人。這些之後，所有認得您父親的王公貴族們，一個一個不是死掉就是失蹤了。這些也不是偶發的事，是米拉茲把他們除掉的。貝利沙和尤威拉斯在打獵中被箭射死了，聲稱是意外。帕沙里德這個尊貴家族所有的人都被他派去和北方邊境的巨人打仗，直到他們一個接一個的倒下為止。阿連安、艾瑞蒙和另外十多個人，被安了個假的叛國罪名就遭到處決了。海狸水壩的兩兄弟被他瘋狂掃射而死。最後他還勸了坦摩人裡七個獨獨不怕海水的貴族出海航行，去找尋東海外的新陸地，果真如他所料，他們再也沒有回來了。等到能替您主持公道的人一個也不剩了以後，他教出來的一些阿諛奉承的佞臣就求他做國王，而他當然就是順應民意啦。」

「您的意思是他現在連我也想殺了？」賈思潘說。

「這幾乎是可以確定的了。」柯內留斯博士說。

「可是為什麼現在才想殺死我呢？」賈思潘說，「我是說，如果他想要殺我，為什麼不早點殺？況且我對他會有什麼壞處？」

「兩小時之前發生的一件事，讓他改變了對您的想法。王后生了個兒子。」

「我不明白和這件事有什麼關係？」賈思潘說。

「不明白！」博士驚嘆道，「難道我教您的那些歷史和政治還未能讓您了解？聽著。只要他沒有自己的孩子，他當然樂意在他死了以後讓您繼承王位，他對您或許不見得有多麼喜歡，不過他寧願要您坐上王位，也強過把國家交給一個陌生人。如今他有了兒子，自然會要自己的兒子繼承。您就礙了他的事了。他會把您除掉的。」

「他真的有那麼壞嗎？」賈思潘說，「他真的會謀殺我嗎？」

「您父親就是他謀殺的。」柯內留斯博士說。

賈思潘有種詫異的感覺，一句話也沒有說。

「我可以告訴您這整件事，」博士說，「但不是現在，沒有時間了。您必須立刻逃走。」

「您要跟我一起走嗎？」賈思潘說。

「我不敢，」博士說，「那會加重您的危險。兩個人要比一個人容易找到。親愛的王子，親愛的賈思潘國王，您必須要非常勇敢。您必須獨自離開，立刻就走。想辦法穿過南方邊界，到亞成地的奈恩國王宮中。他會善待您的。」

「那我再也看不到您了嗎？」賈思潘顫抖地說。

「希望不是，親愛的國王，」博士說。「在這個廣大的世界上，除了殿下您以外，我還有什麼朋友？而我還有一點點法術。但是在這同時，速度是最重要的事。在您走之前，有兩件禮物要送給您。這是一小袋黃金——哎呀，這座城堡裡所有的寶物都應該是您的。這個是更好的東西。」

他把一樣東西放到賈思潘雙手中，賈思潘看不清楚是什麼東西，不過從觸摸的感覺可以知道那是個號角。

「這個嘛，」柯內留斯博士說，「是納尼亞最偉大也最神聖的寶物。當我還年輕的時候，我歷經多少恐怖、唸了多少咒語，才找到它。它是蘇珊女王的魔法號角，她在黃金時代結束時從納尼亞消失那一刻掉了的。據說不管是誰吹起這只號角，都會得到神奇的幫助——誰也不知道究竟有多神奇。它或許有力量能將露西女王、愛德蒙國王、蘇珊女王和彼得大帝從過去召喚而來，將一切事情解決。或許它還能把亞斯藍本人給召喚來呢。收下它吧，賈思潘國王，但是除非有迫切的需要，否則絕不要使用它。好啦，現在您要趕快，趕快。在這個塔底的那扇小門，也就是通往花園的門，已經打開了。我們必須在那裡分手。」

「我可不可以去騎我的馬兒戴斯奇？」賈思潘說。

「牠已經上好鞍，正在果園轉角等著您呢。」

走下螺旋梯的這段時間裡，柯內留斯又低聲叮囑了許多事。賈思潘的心在下沉，不過他仍然努力把這些話聽進去。接著先是呼吸到花園中清新的空氣，然後是熱切地和博士握手道別、奔過草坪，最後是戴斯奇一聲表示歡迎的馬嘶叫，於是賈思潘十世就離開了先祖的城堡。回首故園，他看到煙火沖上天空，慶祝小王子的誕生。

一整晚他都往南方騎去，在熟悉的鄉間他都揀偏僻的小路，走樹林裡供馬走的窄徑，但是之後他就走大路了。戴斯奇和牠主人一樣，對這趟特別之旅充滿興奮之情，而賈思潘呢，雖然在和柯內留斯博士道別時噙著淚水，但是一想到他是賈思潘國王，正騎馬出發探險，左大腿上放著寶劍，右大腿上放著蘇珊女王的魔法號角，他也覺得自己相當勇敢，而且還可以說是頗快活的呢。但是當白日到臨，天空飄起絲絲細雨，四下看去，處處都是陌生的樹林、石南荒地和蒼茫的藍色山脈，想到這個世界是多麼廣闊又陌生，只覺得渺小又害怕。

天色大亮以後，他立刻離開小徑，在樹林當中找到一片空曠的草地，讓他可以休息。他卸下戴斯奇的鞍具，讓牠吃點草，自己則吃了一些冷雞肉，喝了一點酒，很快睡著了。醒來已經是傍晚時分，他又吃了一點食物，就繼續他的旅途，行經許多荒僻的小徑，仍然往南走。現在他在一片丘陵地上，忽上忽下，不過多半只往上走。在每個山脊上他都看到前方的山脈變得更巍峨也更陰暗。夜晚降臨，他在比較低的山坡上騎著。起風了，不久後大雨傾盆落下。戴斯奇變得煩躁不安，因為空中響起雷聲。這時候他們已經進到一處似乎永無止境，暗黑的松樹林裡，而賈思潘聽過的所有樹木對人類不友善的故事，此刻全湧進他心裡。他想到，畢竟他也是個坦摩人，這一族的人到處砍樹，和所有的野生動物為敵，而雖然他或許和其他的坦摩人不同，可是樹木未必會知道這一點呀。

它們也的確不知道。風勢加強，轉為暴風，在他們四周的樹木發出吼叫和嘎軋聲。這時候傳來一陣撞擊聲，一棵樹正好倒在他們身後的路上。「安靜，戴斯奇，安靜！」賈思潘拍著馬脖子說，但是他自己卻在發抖，知道自己十分驚險地躲過了死亡一劫。一道閃電亮光，接著是劈里啪啦的雷聲，似乎要把他們頭上的天空劈成兩半。戴斯奇往前狂奔起來。賈思潘騎技雖精湛，但是卻沒有力氣拉住牠。他努力保持不落馬，但是他知道在接著而來的狂奔當中，他的性命猶如繫在一條細線上。

暮色中，只見一株株的樹出現在他們面前，而且都是幾乎要撞上。接著——幾乎是太突然了，讓人不感覺痛（不過的確是傷到人了）的——有樣東西打中賈思潘的額頭，他就昏過去了。

醒來以後，他才發現他躺在一個被火光照亮的地方，四肢瘀傷，頭痛欲裂。旁邊有些壓低的說話聲。

「好啦，」一個聲音說，「趁這個東西醒來以前，我們必須要決定把他怎麼辦。」

「打死他，」另一個聲音說。「不能留他活命，他會出賣我們。」

「不是馬上把他打死，就是不管他，」第三個聲音說，「現在我們不能把他打死的啦。我們把他帶回來，又包紮了他的頭，做了這一切事情之後，就不可以殺人了。不然就像是殺死你家的客人一樣。」

「各位先生，」賈思潘用虛弱的聲音說了，「不管你們要怎麼對付我，我希望各位善待我那匹可憐的馬兒。」

「你的馬兒早在我們發現你以前就逃走啦。」第一個聲音說道——賈思潘現在注意到了，這是一種很奇怪粗啞，充滿擔憂的聲音。

「你可別被他的甜言蜜語搞昏頭了，」第二個聲音說，「我還是主張——」

「哎呀呀！」第三個聲音說，「我們當然不會打死他。好可恥喔，尼卡不里。你怎麼說呢，松露高手？我們該把他怎麼辦？」

「我要給他喝點東西。」第一個聲音說，很可能就是那個松露高手吧。一個暗影走近床邊。賈思潘感覺有一隻手臂伸到他肩膀下頭——如果那是隻手臂的話。但是那個影子怎麼看都有些不對勁。那張朝他低下的臉似乎也不太對勁。他隱約覺得這是張毛茸茸的臉，鼻子很長，在鼻子兩側還有些奇怪的白色斑塊。「那是哪一種面具吧？」賈思潘心想。「或者是我在發燒，胡思亂想出來的。」這時候有一杯又甜又熱的東西倒進他嘴裡，他喝了下去。同時另外兩人中的一個把柴火撥了撥，躍起一陣火光，在突來的亮光照耀下，那張望著他的臉讓賈思潘幾乎嚇得叫出來。那不是人的臉，而是一隻獾的臉，雖然這張臉比較大比較友善，也比他看過的所有獾的臉看起來聰明。而他之前也確實在說話呢。賈思潘也看到自己正躺在山洞裡用石南鋪成的床上。在火堆旁邊坐著兩個留鬍子的小個子男人，他們比柯內留斯博士野蠻得多、矮得多、胖得多，也更毛茸茸，所以立刻知道，他們是真正的矮人，是血管裡沒有一滴人類血液的古老的矮人族。而賈思潘也知道，他終於找到了古納尼亞人了。之後他的腦袋又開始暈眩。

在隨後的幾天當中，他也知道他們叫什麼名字了。那隻獾叫做「松露高手」，是這三者當中年紀最大，心腸最好的一個。之前想要打死賈思潘的那個小矮人，是個壞脾氣的黑矮人（也就是說呢，他的頭髮和鬍子都是黑色，又粗又硬，像馬鬃一樣），名字叫尼卡不里。另一個小矮人是紅矮人，頭髮像狐狸一樣紅，名字叫川卜金。

「現在呢，」尼卡不里在賈思潘已經稍稍復原，能坐起來說話時的第一個晚上說。「我們還是必須決定要把這個人類怎麼辦。你們兩個認為不讓我殺死他，你們就行了多大的善了。可是我想，最後我們非得把他一輩子關起來不可。我才不會留他一條生路，讓他走掉——回到他自己族類中，然後把我們全出賣了。」

「哎呀呀！尼卡不里！」川卜金說，「你為什麼要說這麼無禮的話呢？這個人腦袋撞上咱們洞外的一棵樹，又不是他的錯！而且我看他也不像會出賣人的人。」

「哎呀，」賈思潘說，「各位還不知道我**想不想**要回去呢。我一點都不想回去，我想要跟各位住在一起——如果各位准許的話。我一輩子都在找你們這樣的人呢。」

「這倒真像在騙人！」尼卡不里咆哮著說，「你是坦摩人，而且又是人類，對吧？你當然想回到你們自己族人當中！」

「噢，就算我想，我也不能回去，」賈思潘說，「我出意外的時候正在逃命。國王想要殺死我。如果你們殺了我，那就正好順了他的意了。」

「呃？」川卜金說，「那是怎麼回事？人哪，你做了什麼事，使你在這個年紀就惹到米拉茲了呢？」

「他是我叔叔——」賈思潘才剛開始說，尼卡不里就一躍而起，一隻手放在他的匕首上。

「好哇！」他叫道，「不只是坦摩人，還是我們死敵的親人和繼承人呢！你們還那麼瘋狂，要讓這個傢伙活下去嗎？」要不是那隻獾和川卜金擋在中間，逼他回到他的座位上，又把他按下去的話，他當場就拿匕首刺向賈思潘了。

「夠了，我最後一次告訴你，尼卡不里，」川卜金說，「可不可以請你克制一下，或者你非要我和松露高手去坐在你頭上？」

尼卡不里怏怏地答應要聽話，於是另外兩個就請賈思潘把他的故事說出來。他說完之後，安靜了片刻。

「這是我聽過最怪異的事了。」川卜金說。

「我不喜歡，」尼卡不里說，「我不知道在人類當中還有人講到我們的事。他們對我們知道得越少越好。再說那個老保母吧，她呀，最好閉上她的嘴。而這些又會和那個家庭老師混在一起了，那傢伙是個變節的矮人，我討厭他們。我討厭他們，比討厭人類還討厭。你們記住我的話——他們不會有好下場的啦！」

「你不明白的事，就不要再說了，尼卡不里，」松露高手說，「你們矮人族就跟人類一樣，健忘又善變。我是野獸，沒錯，而且還是隻獾哩。可是我們不會變來變去，我們會堅持下去。我說這是會有好結果的。這個人是納尼亞真正的國王。而就算矮人族都忘了，我們野獸可是記得：納尼亞除了在一個亞當的兒子當國王的時候以外，從來都是不對勁的。」

「哎呀呀，松露高手呀！」川卜金說，「你該不會要把這塊大地全給人類了吧？」

「我可什麼都沒說喲，」回答道，「這裡可不是人類的大地喔，（有誰會比我更清楚這一點？）而是可以讓人做國王的大地。我們的記性可是長長久久的哩，當然知道這些。咦，彼得大帝不就是個人嗎？」

「你們相信那些老故事嗎？」川卜金問。

「我告訴你，我們這些野獸可是不會變的，」松露高手說，「我們不會忘記的。我相信有彼得大帝和其他在凱爾帕拉瓦宮統治的人，就像我相信有亞斯藍那麼地肯定。」

「像**那樣地**肯定，我敢說，」川卜金說，「可是近來這些日子誰會相信亞斯藍？」

「我相信，」賈思潘說，「而就算我從前不相信有他，我現在也會相信了。在人類當中，會嘲笑亞斯藍故事的人，也會嘲笑會說話的野獸和矮人的故事。有時候我也懷疑是不是真的有亞斯藍這麼個人物；可是有時候我也會懷疑是不是真的有像你們這樣的人，而此刻你們就在這裡了呀。」

「沒錯，」松露高手說，「賈思潘國王，您的話沒錯。只要您真心看待古納尼亞，您就是**我的**王，不管他們怎麼說。陛下萬歲！」

「你真讓我噁心，呀，」尼卡不里大吼道，「彼得大王和其他人或許是人，但是他們是不同的人，這個人是那該死的坦摩人。他曾為了運動而去**獵殺野**獸耶。你有沒有這樣做過呢？」他突然轉過身，對著賈思潘開火。

「嗯，說實話，我有過。」賈思潘說，「不過牠們不是能言獸。」

「都一樣。」尼卡不里說。

「不對，不對，不對，」松露高手說，「你知道不一樣的。你很清楚現在在納尼亞的野獸都不同了，牠們只不過是你在卡羅門或坦摩看到的那些可憐的笨動物。牠們個兒也比較小。他們和我們的差別，比那些半矮人族和你們的差別還要大。」

之後他們又談了許多，不過最後一致同意賈思潘可以留下來，甚至還答應他說，只要他能夠出門，他們就會帶他去看看川卜金所說的「其他人」。顯然在這個荒野地區，古納尼亞的所有動物仍然藏藏躲躲地活著。

6
躲藏著的百姓

自從人類來到這片土地，砍掉森林的樹木，
汙染了溪流以後，樹精和水精靈就沉睡不醒。
誰知道他們還會不會動一下？

這以後便開始了賈思潘前所未有的快活時光。在一個晴朗的夏天早晨，露珠仍躺在草上的時候，他就和獾以及兩個矮人出發，先穿過森林爬到山脈中一處比較高的山坳，再往下走到陽光普照的南坡，從這裡可以眺望到亞成地的綠色高原。

「我們要先去『三隻胖胖熊』那裡。」川卜金說。

他們走到林中一片空地，走近一株蒼老的空心橡樹，橡樹樹身上長滿青苔。松露高手用爪子在樹身敲了三下，沒有回應。他又敲了敲，這回樹身裡面傳來一個模糊的聲音：「走開！現在還不到起床時間。」但是等他敲了第三次，裡頭就傳出像是一場小地震的隆隆聲音，接著有個像門的東西打開了，走出三頭棕熊，他們可真是胖乎乎的，還眨著他們的小眼睛。等一切情況都向他們解釋過了以後（因為他們都還很睏，所以花了好長的時間解說），他們就說了松露高手也說過的話，說亞當的兒子應該要做納尼亞國王，然後全都親吻了賈思潘——那些親吻可是濕答答又髒兮兮的——還要給他一些蜂蜜吃。賈思潘其實不大喜歡在早晨這個時間光吃蜂蜜沒配麵包，但是他認為要接受別人的好意才算有禮。過後他花了好久的時間才把自己弄得不那麼黏答答。

之後他們繼續走，一直走進一片高高的山毛櫸樹林中，松露高手放聲大喊：「啪噠推！啪噠推！啪噠推！」立刻就有一隻賈思潘見過最華美的紅色松鼠，從一根樹枝跳下一根樹枝，一直跳到他們頭上的樹枝上。這隻松鼠比他從前在城堡花園裡看到的那些笨笨的松鼠要大得多，差不多像隻獾的大小，一看他的臉就知道他會說話。的確沒錯，反而是要他不說話才困難呢，因為他就像所有的松鼠一樣，嘰嘰喳喳說個不停。他很快地歡迎賈思潘的到來，還問他要不要吃個堅果，賈思潘說：謝謝，好的。不過當啪噠推一跳一跳地去拿堅果的時候，松露高手卻小聲在賈思潘耳邊說：「不要看！你要看另一邊。松鼠彼此相處的時候，看著對方走到藏東西的地方，或是看起來像是想要知道那是在哪裡，這都是很不禮貌的事。」然後啪噠推拿著堅果回來了，賈思潘就把堅果吃了。之後啪噠推問要不要他幫忙傳口信給其他朋友。「因為我幾乎可以腳不著地的到任何地方。」他說。松露高手和矮人都認為這是個很好的主意，就要啪噠推帶口信給所有名字怪怪的各種生物，要他們在此之後第三個晚上的午夜，到「跳舞草坪」參加饗宴和會議。「而且你最好也要告訴三隻胖胖熊，」川卜金加上一句，「我們先前忘了跟他們提了。」

下一個拜訪的對象是「戰慄林七兄弟」。川卜金帶著眾人重回到山坳，然後從山脈北坡朝東坡走下去，走到一處在岩石和樹林之間的安靜地方。他們靜靜地走著，不久賈思潘就能夠感覺到腳下的地面在晃動，好像有人在地底下用槌子敲打的樣子。川卜金走到一塊水桶蓋大小的石頭旁邊，用一隻腳在上頭跺著。停了好久，這塊石頭才被下頭的什麼人或什麼東西推開，只見下面是一個暗黑的圓洞，有許多熱氣和蒸氣冒出來，洞的中間，有一個很像川卜金的矮人的腦袋。在這裡有一番長談，而這個矮人似乎比松鼠和胖胖熊更多疑，不過最後他們還是被邀進到洞裡了。賈思潘發現自己正踩著一道昏暗的樓階走進洞裡，走下樓階底就看到火光了。那是熔爐的火光。這裡是間鐵鋪。有一條地底河流流經這裡的一邊。兩個矮人在風箱旁邊，另一個矮人正用一把火鉗把一塊火紅的金屬放在鐵砧上，第四個人正用槌子敲打；還有兩人，把他們粗硬的小手在一塊油膩的布上抹了抹，就走上前來迎接客人。他們花了點時間才肯相信賈思潘不是敵人而是朋友，不過當他們一相信，就全都喊道：「國王萬歲！」他們送的禮物相當高貴——送給賈思潘、川卜金和尼卡不里他們盔甲和劍。如果獾願意，他也可以有同樣的東西，可是他說他是個野獸，如果他的爪子和牙齒不能使他皮膚保持完整，他的皮也就不值得留了。這些甲冑武器的做工比賈思潘見過的都要精密，所以他很高興地收下了矮人打造的劍，他原來的劍相形之下簡直像玩具一樣不中用，像根棍子一樣笨重。這七個兄弟（全都是紅矮人族）答應要參加在「跳舞草坪」舉行的盛宴。

再走了一段路，來到一處布滿石塊的乾山澗，他們走到五個黑矮人的山洞。這些矮人用猜疑的目光看著賈思潘，不過最後他們當中最年長的說：「如果他是反對米拉茲的，我們就要他做國王。」一次年長的說：「我們為你們再往上走，到峭壁那邊去好嗎？那裡有一、兩個食人妖和一個醜巫婆，我們可以把你介紹給他們，就在峭壁上頭。」

「我想是不用了。」賈思潘說。

「的確是，我想還是不要吧，」松露高手說，「那樣的東西，我們這邊一個也不要。」尼卡不里不贊同這個看法，但是川卜金和獾的意見壓過他。賈思潘發現納尼亞不但有古老故事中善良動物的後代，也有那些可怕動物的後代，這讓他很驚訝。

「如果我們把**那些**暴民也找來，就不會有亞斯藍這個朋友了。」他們從黑矮人的洞穴裡走出來的時候，松露高手說。

「噢，亞斯藍！」川卜金說道，他的神情很快活，但是又有不屑的意味。「還有什麼比你不接納我更重要。」

「**你**相信亞斯藍嗎？」賈思潘問尼卡不里。

「任何一個人或是一個東西，」尼卡不里說，「只要能把這些該死的坦摩野蠻人打個稀爛，或是趕出納尼亞，我都會相信。任何人或是任何東西，不管是亞斯藍**或是**白女巫，你懂嗎？」

「安靜，安靜！」松露高手說，「你根本不知道自己在說什麼。她可是比米拉茲和他所有的族人都還可怕呢。」

「對矮人來說，可不是這樣。」尼卡不里說。

下一個拜訪的經驗就比較快樂了。他們往山下走，山脈開展形成一片很大的峽谷，長滿了樹木，谷底有一條湍急的河流。靠近河邊的空曠地面是大片指頂花和野玫瑰，空氣中盡是蜜蜂嗡嗡的叫聲。松露高手在這裡又喊了：「峽谷風暴！峽谷風暴！」停了一下，賈思潘就聽到蹄聲。蹄聲越來越響，整個山谷都震動了起來，終於一群賈思潘見過最高貴的東西出現了，他們踩著灌木叢，把枝葉都劈劈啪啪踩斷了，他們就是人馬峽谷風暴和他的三個兒子。他的馬身是光滑的栗色，覆滿他寬闊胸前的鬍鬚則是金紅色。他是個先知，也是個星象家，自然知道他們來的目的。

「吾王萬歲！」他喊道，「我和小兒已經準備作戰了。我們什麼時候要上戰場呢？」

到現在為止，賈思潘或是其他人都還沒有真正想過會有戰爭。或許模糊地知道他們偶爾會去突擊某個人類的農場，或者在等一群深入這麼蠻荒南方的獵人。不過，大致來說，他們想到的只是自己在森林和洞穴裡生活，日積月累建立古納尼亞的企圖。所以峽谷風暴一說完，每個人都變得認真起來。

「你是說，把米拉茲趕出納尼亞的戰爭嗎？」賈思潘問。

「不然是什麼？」人馬說，「否則陛下您幹嘛穿著盔甲，佩著劍呢？」

「這事情可能嗎，峽谷風暴？」獾說。

「時機已經成熟啦，」峽谷風暴說，「呀，我常觀測天空，因為我的職責是觀測，就像你的職責是記事一樣。塔瓦星和阿藍比星在天上的宮室相會，在地上，一個『亞當的兒子』又一次崛起，要統治萬物。時辰已經到了。我們在『跳舞草坪』的會議非得是場戰爭會議不可。」他的語氣如此堅決，使得賈思潘以及其他人一刻都不得猶豫：似乎打贏這場仗的機率是非常高，而這一場仗是勢在必行。

由於時間已經過了中午，他們就和人馬一起休息，也吃了人馬給他們的食物——燕麥餅、蘋果、香草、酒和乳酪。

他們下一個要拜訪的地方其實很近，但是為了避開人類住的地區，他們只好繞遠路。等他們到了平坦的田野，站在暖和的灌木叢間時，已經是午後時分。松露高手在一處綠色土堤上一個小洞口喊著，洞裡就蹦出來一樣賈思潘最想不到的東西——一隻能言鼠。當然他要比普通老鼠大，用兩條後腿站起來的時候，有一呎多高呢，他還有雙幾乎像兔子一樣的長耳朵（不過要比兔子耳朵寬）。他的名字是老脾氣，是隻快活勇武的老鼠，腰間掛著一把長劍，他還會撚著長長的老鼠鬚，彷彿那是八字鬍一樣。「我們共有十二個哪，大人。」他鞠了一個花稍又優雅的躬。「我和手下所擁有的各種資源，全都毫無保留地供陛下您使用。」

賈思潘努力（而且成功地）不讓自己笑出來，不過他忍不住想到：老脾氣和他所有的人員可以輕易就放在一個洗衣籃裡，扛在一個人的肩上就帶回家了。

要提到賈思潘那一天遇到的所有動物，恐怕要花太久的時間，那些動物有鼴鼠克勞斯利快鏟、三位哈白特家人（他們和松露高手一樣，也是獾）、野兔卡米羅，以及刺蝟哈哥斯托。最後他們在一片平坦的圓形草地邊的井旁休息，草地四周都是高大的榆樹，此刻這些樹在草地上投下長長的影子，因為太陽正在西沉，雛菊花瓣都合起來，烏鴉也飛回巢了。他們就在這裡把帶來的食物拿來當晚餐，川卜金還點了菸斗（尼卡不里倒是不抽菸）。

「現在呀，」獾說，「要是我們可以把這些樹和這座井的精靈叫醒，我們這一天的工作就算圓滿了。」

「我們不能叫醒他們嗎？」賈思潘說。

「不能，」松露高手說，「我們對他們沒有法力。自從人類來到這片土地，砍掉森林的樹木，汙染了溪流以後，樹精和水精靈就沉睡不醒。誰知道他們還會不會動一下？這是我們這一邊很大的損失。坦摩人怕森林怕得要死，只要樹木憤怒地開始走動，我們的敵人就會嚇得瘋狂，被趕出納尼亞，要他們跑多快就有多快。」

「你們這些動物的想像力可真是的！」川卜金說，他不相信這類事情。

「可是你為什麼只說到樹木和流水就停了呢？如果石頭也能自己丟向老米拉

茲，豈不更美好？」

但是獾對這番話只是咕嚕一陣，之後即是一陣靜默，靜得讓賈思潘差一點就睡著了，而後他覺得好像聽到背後的樹林深處傳來微弱的音樂聲。但是他想那只是做夢，於是翻過身子躺著，可是他的耳朵才一碰到地面，就感覺到，或者說是聽到（這兩者很難分）一陣微弱的敲打聲或是打鼓的聲音。他把頭抬起來，敲打聲立刻變得不清楚了，但是音樂聲又出現了，這次比上次更清楚。那聲音像是笛音。他看到松露高手坐了起來，盯著樹林裡瞧。月兒非常明亮。賈思潘睡的時間，比他以為的要久。音樂聲越來越近，這是首狂野但卻很夢幻的笛聲；許多輕踩的腳步聲也越來越近，一直到最後，從樹林裡走出來一些賈思潘已經盼了一輩子的跳著舞的身形。他們比矮人要高很多，但是更纖細也更優雅。他們鬈髮的頭上長著兩隻小小的角，上半身是赤裸的，在月光下閃閃發亮，但是他們的雙腿和雙腳都是山羊的樣子。

「是人羊呢！」賈思潘大叫，他一躍而起，一會兒之後，他們就將他包圍了起來。他幾乎沒有花時間去解釋這整個情況，他們立刻就接納了賈思潘。他還沒弄清楚自己在做什麼，就發現他也加入這場舞蹈了。川卜金用笨重而且痙攣的動作也照著跳，就連松露高手也跳起來，拚命笨拙地跳著舞。只有尼卡不里待在原地，一言不發地看著他們。人羊全都繞著賈思潘，隨著他們的蘆笛跳舞。他們用那看起來既憂傷又快活的奇怪臉孔盯著他瞧，有十多隻人羊：曼提那司、歐本提那司和唐姆諾斯，還有佛隆斯、佛提那斯、吉爾比斯、尼米那斯、諾索斯和奧康斯。原來啪噠推把他們全找來了。

賈思潘第二天早晨醒來的時候，幾乎相信那是一場夢，可是草地上到處都是小小的羊蹄印子呢！

7
古納尼亞有危險啦

很難確定這是不是我們最危急的時候。

萬一以後還有更危急的情況，

而我們卻已經用了號角，那要怎麼辦？

當然啦，他們遇見人羊的地方就是跳舞草坪，於是賈思潘和他的朋友們就在這裡一直待到開會的晚上。賈思潘一向是在城堡裡重重幃幕的寢宮中睡覺，床上鋪著錦緞床單，三餐是用金銀盤碟盛裝後擺放在前廳裡，僕役隨時伺候著。所以對他來說，在星空下露宿、只能喝井水、靠核果和野果維生，這些都是很奇異的經驗。但是他從沒有像現在這麼快活過。睡眠從沒有像現在這麼令人精神飽滿，食物也從沒有像現在這麼美味，他已經開始變得更堅毅，臉上的神情也更像是國王了。

當那個重大的夜晚來臨，當他各式各樣的百姓三三兩兩成群結隊地悄悄來到草坪時——這晚的月亮幾乎是滿月，映照著大地——看到他們的數目，又聽了他們的問候以後，他的心情也飛揚了起來。他遇見過的全都到場了：胖胖熊和紅矮人、黑矮人、鼴鼠和獾、野兔和刺蝟。還有一些他還沒有看過的：五個像狐狸般紅的賽特爾、整批能言鼠，全副武裝的獾帶著一把聲音尖銳的喇叭號前來、幾隻貓頭鷹、老烏鴉拉文史考。最後（這一位可教賈思潘嚇得倒抽了一口氣）跟人馬們一起前來的，是一個個兒不大但是貨真價實的巨人，他是「死人山」的溫伯威風，他背上背著一個簍子，裡頭坐著一堆像是正在暈船的矮人，他們接受他的邀請讓他載一程，但是現在卻都恨不得自己走路來算了。

胖胖熊急著想先大吃一頓，希望會議晚一點再開，或許延到明天算了。老脾氣和他的老鼠們說，會議和饗宴都可以等，提議乾脆當天晚上就去突擊米拉茲的城堡。啪噠推和其他松鼠說，他們可以同時說話和吃東西，會議和宴會為什麼不同時舉行呢？鼴鼠們提議，在做任何事之前，先快速地在草坪周圍挖道壕溝。人羊們認為最好以一首莊嚴的舞曲開始。老烏鴉雖然同意胖胖熊的看法，認為如果在晚餐前先開一場完整的會議，會花掉太多的時間，但是他也請大家讓他對全體人員發表一篇簡短的演說。不過賈思潘、人馬及矮人把這些提議全都否決了，他們堅持立刻舉行一場真正的戰爭會議。

好不容易，所有的動物都被勸服了，安靜地圍成一個圓圈坐下，也（好不容易地）讓啪噠推不再來來回回跑著，口裡說：「安靜！安靜！大家安靜，國王要說話！」然後，賈思潘有點緊張地站起來。「各位納尼亞子民！」他才剛開始說，卻沒有再說下去，因為就在這個時候，野兔卡米羅說了：「噓！這附近有個人喔！」

他們全是野生動物，對於被獵捕已經習以為常，所以全都像雕像一樣，動也不動，全把鼻子對著卡米羅指著的方向。

「聞起來像個人，可是又不太像是人。」松露高手低聲說。

「越來越近了。」卡米羅說。

「兩隻獾和你們三個矮人，備好你們的弓箭，輕輕走過去看看。」賈思潘說。

「我們會解決他們的。」一個黑矮人神情凶狠地說，一邊把箭搭在弓上。

「如果那東西是單獨來，」賈思潘說，「要活捉。」

「為什麼？」矮人問。

「你就聽命吧。」人馬峽谷風暴說。

每個人都靜靜等著三個矮人和兩隻獾悄悄走到草坪西北邊的樹那邊。接著是一陣尖銳的矮人叫聲：「停！是誰在那裡？」然後是突然跳起的動作。一會兒後，一個賈思潘非常熟悉的聲音說：「沒事，沒事，我沒有帶武器。可敬的兒們，你們可以抓住我的手腕，只是不要咬下去。我有話要和國王說。」

「柯內留斯博士！」賈思潘心喜地叫著，衝上前去迎接他的老家庭教師。其他人全都擁在周圍。

「呸！」尼卡不里說，「是個矮人的背叛者。是個雜種，我把劍刺進他的喉嚨好嗎？」

「安靜，尼卡不里，」川卜金說，「這個傢伙的祖先是誰，他也沒辦法管呀。」

「這位是我最好的朋友，也是我的救命恩人，」賈思潘說，「如果有誰不喜歡跟他在一起，可以離開我的軍隊，立刻離開！最親愛的博士，我真高興能夠再見到您。您是怎麼找到我們的呀？」

「只用了一點簡單的魔法，陛下。」博士說，他還在因為走得匆忙而氣喘吁吁。「不過現在沒有時間仔細說了。我們全都必須立刻逃離這個地方。您的事情已經敗露，米拉茲也採取行動了。不到明天中午，你們就會被包圍了。」

「敗露？」賈思潘說，「是誰洩露的？」

「毫無疑問，一定是另一個矮人族的叛徒。」尼卡不里說。

「是您的馬兒戴斯奇，」柯內留斯博士說，「不過這個可憐的畜生並不知道。當您被撞昏的時候，牠就慢慢蕩回城堡的馬廄。那時候大家才知道您已經逃走的祕密了。我不希望在米拉茲的嚴刑室被拷問，所以找理由避開。我從水晶球裡猜測該往哪裡去找您。可是前天一整天，我看到米拉茲的追捕大隊在樹林找人。昨天我知道他的軍隊也出發了。我猜你們——嗯——純種的矮人恐怕沒有豐富的山林知識吧。你們到處留下痕跡。真是太粗心大意了。總之，有些事情已經警告米拉茲，使他知道古納尼亞並沒有像他所希望的那樣滅亡，所以他要採取行動了。」

「好哇！」博士腳下某個地方傳來一陣尖細的小小聲音。「讓他們來嘛！我只要求國王派我和我的手下到最前線。」

「怎麼回事呀？」柯內留斯博士說，「陛下的軍隊裡難道有蚱蜢——或者是蚊子嗎？」他彎下身，透過眼鏡仔細打量，然後哈哈大笑。

「天哪！」他嘆道，「是隻老鼠。老鼠閣下，我很願意結識您。非常榮幸能夠遇見如此英勇的動物。」

「您這個朋友我交定啦，飽學的先生，」老脾氣聲音尖細地說，「軍隊裡要是有任何矮人——或者是巨人——膽敢對您出言不遜，我會要他們好好見識見識我的劍！」

「我們還有時間搞這種愚蠢的事嗎？」尼卡不里問道，「我們的計畫是什麼？是打還是逃？」

「必要的時候就打呀，」川卜金說，「可是我們還沒有準備好呢，而且這裡也不是個防禦的好地方。」

「我不喜歡逃跑。」賈思潘說。

「贊成！贊成！」胖胖熊說，「不管我們做什麼，我們都不要『跑』

喔，尤其在吃飯前，而且吃過飯以後也不能馬上就跑。」

「先跑的不見得能一直跑到最後，」人馬說，「況且我們為什麼要讓敵人挑我們的位置，而不是我們自己挑位置呢？我們去找一個堅固的地方吧。」

「很明智，陛下，這相當明智。」松露高手說。

「但是我們該去哪裡呢？」好幾個聲音一起問。

「陛下，」柯內留斯博士說，「以及各種動物們，我認為我們應該朝東走，順著河到大森林。坦摩人不喜歡那一帶。他們一向害怕大海，恐懼任何會從海上過來的東西。才會任由那片大森林越長越大。如果傳說沒有錯的話，古代的凱爾帕拉瓦宮就在河口那裡。那一帶對我們都很友善，而且痛恨我們的敵人。我們必須去『亞斯藍土丘』。」

「『亞斯藍土丘』？」好幾個聲音說，「我們不知道那是什麼東西耶。」

「它在『大森林』的外圍，是個很大的土堆，那是古納尼亞人在一個很神奇的地點上方堆起來的，那個地點有一塊非常神奇的石頭，或許這個石頭到現在還在呢。這座土丘裡面是挖空的，有很多走道和洞穴，那塊魔法石就在中央的洞穴裡。土丘底下有足夠的空間可以存放我們全部的補給品，而我們當中最需要有東西遮蔽也最習慣在地底生活的人，就可以住在洞穴裡。其餘的可以睡在森林裡。遇到危急的時候，我們全部（除了這位可敬的巨人以外）都可以躲進土丘裡面，我們在裡頭可以躲過任何危險，除了饑荒以外。」

「好在我們當中有個有學識的人。」松露高手說，但是川卜金卻小聲嘀咕著：「拜託喔！希望咱們領袖少想些這種鄉野傳說，多想些糧草和武器的事吧！」但是所有人都贊同柯內留斯的提議，於是就在當天晚上，也就是半小時之後，他們就邁步前進。日出之前，他們就抵達了「亞斯藍土丘」。

這裡果真是個很棒的地方，是個位於丘陵頂上的綠色圓丘，早已長滿了樹木，有一道低矮的門可以通進去。如果你不熟的話，裡面的通道簡直就像是迷宮一樣，通道的內牆和屋頂都是平滑的石頭，賈思潘在清晨微弱的天光下仔細看，只見這些石頭上有些奇怪的符號和蛇一般的圖形，還有各種圖畫，而這些圖畫中一再出現一頭獅子。這些似乎全都屬於一個比保母告訴他的納尼亞，要更古老的納尼亞。

在駐進土丘或是在土丘附近找到棲息處以後，他們的運氣開始變壞了。米拉茲國王的偵察兵很快就找到他們的新窩，國王率領的軍隊也到達森林的邊緣，結果敵軍要比他們想的強大。賈思潘眼看一團團的士兵到達，心都下沉了。雖然米拉茲的部下害怕進到森林裡，但是他們更怕米拉茲，所以在他的領軍下，他們也深入森林作戰，有幾次還幾乎打到土丘來了。賈思潘和其他領軍的隊長們當然也往曠野那邊突擊過許多次。因此大多數的日子都在打仗，有時候晚上也打，不過賈思潘的人馬大半都是吃敗仗。

有一天，白天裡每件事都糟得可以，又下了一整天的大雨，黃昏時雨終於停了，不過卻讓土丘裡更加陰冷。就在這天早晨，賈思潘計畫了一場到目前為止最大的戰役，所有人都把希望寄託在這場仗上。他預定帶著大部分的矮人在拂曉時分攻打國王軍隊的右翼，等到兩方戰況正激烈的時候，巨人溫伯威風就帶著人馬們和一些猛獸，從另一個地方衝出來，把國王的右翼和其餘軍隊切斷。不幸這些全失敗了。沒有人事先警告賈思潘（因為在納尼亞之後的這段時間，沒有人記得這件事）說巨人們一點也不聰明。可憐的溫伯威風，雖然勇猛如獅子，但在這一點上，卻是個道道地地的巨人。他衝出來的時機不對，地點也不對，他的戰友和賈思潘的人馬都受到重創，對敵人卻構不成傷害。胖胖熊當中最好的一隻受了傷，一頭人馬也受到重傷，賈思潘的隊伍幾乎全數掛彩。那些傷兵挨擠在滴著水的樹下，吃少得可憐的晚餐，看起來真是悽慘。

最悽慘的是巨人溫伯威風。他知道這都是他的錯。他靜靜坐著，大顆大顆的淚珠滾下來，集中在鼻尖，然後「啪嗒」一聲，巨大的淚珠掉落在老鼠們的野營地上，老鼠們才剛剛暖和一些，全都昏昏欲睡。這時候他們全都跳起來，一邊把淚水從耳朵裡抖掉，擰乾他們小小的被單，一邊用尖細但卻很有力量的聲音質問巨人，是不是認為他們濕得還不夠。而後其他人也醒了，他們對老鼠們說，他們是來擔任偵察兵，可不是來參加音樂會的，為什麼就不能安靜？於是溫伯威風就躡手躡腳走開，要去找個地方安安靜靜地自怨自艾，但卻不小心踩到某位仁兄的尾巴，而這位仁兄（後來據說是隻狐狸）就咬了他一口。因為這時大家的脾氣都很差。

但是在「土丘」中央那間祕密又神奇的內室裡，賈思潘國王和柯內留斯、獾、尼卡不里、川卜金卻正在開會。這裡的屋頂是由古代工藝打造的粗柱子支撐著。屋子中央就是那塊「石頭」——那是一張石桌，從正中央裂開，桌面上寫滿古代的某種文字，但是長年的風霜雨雪幾乎早就在「石桌」還屹立在山頂上、「土丘」還沒有在它之上建起來的古代就把這些文字磨掉了。他們倒沒有使用這張「桌」，也沒有圍著它坐，它太神奇了，不能拿來做普通用途。他們坐在離它不遠處的木頭上，在他們中間有一張簡陋的木頭桌，桌上放著一盞粗製的陶燈，照亮他們慘白的臉孔，還把巨大的影子投射到牆上。

「如果陛下會用到魔法號角，」松露高手說，「我想現在是時候了。」賈思潘當然在幾天前就已經把他的寶物告訴他們了。

「我們現在的確是很危急，」賈思潘回答，「但很難確定這是不是我們最危急的時候。萬一以後還有更危急的情況，而我們卻已經用了號角，那要怎麼辦？」

「照這樣說的話，」尼卡不里說，「陛下永遠也不會用到它了，等到真用到的時候，也來不及了。」

「我同意這個看法。」柯內留斯博士說。

「那你的意見呢，川卜金？」賈思潘問。

「噢，我呀，」紅矮人說，之前他一直用一副毫不關心的態度聽著，「陛下知道的，我認為那『號角』——和那邊那塊破石頭——和您的偉大的彼得國王——和您的獅子亞斯藍——這些全是胡說八道！陛下您什麼時候吹號角，對我來說都一樣。我只堅持一件事，就是這些東西絕對不要告訴我們的士兵。讓人對於勢必會教人失望的魔法助力燃起希望，可是一點好處都沒有。」

「那麼，以亞斯藍之名，我們就吹起蘇珊女王的號角吧。」賈思潘說。

「大人，有件事情呀，」柯內留斯博士說，「或許應該先做。我們並不知道這種救援會是什麼形式。它可能會把亞斯藍從海上召喚而來，不過我想它更可能是把彼得大王和他的王族從過去召喚來。不過不管是哪一種情況，我都不覺得援助會來到這個地方——」

「這話真是再真實不過啦！」川卜金插了嘴。

「我想，」這個飽學之士繼續說，「他們——或者是他——會回到古代納尼亞的哪個地方？我們現在坐的這個地方，是最古老也最有魔法的地方，而這裡是最有可能有回應的地方。但還有兩個地點也是。一個地點是燈野，在河的上游，海狸水壩西邊，照記載所說，這裡是那些皇家孩子最早在納尼亞出現的地方。另一個地點在河口，他們的凱爾帕拉瓦宮曾經就屹立在那裡。如果是亞斯藍本人來，那也是和他見面的最佳地點，因為每個故事都說他是『陸上大帝』的兒子，他會從海上過來。我很希望派信差到這兩個地方——燈野和河口——去迎接他們——或者是他——或者是什麼東西。」

「果然不出我所料，」川卜金喃喃說道，「這場胡鬧的第一個結果，不是給我們援助，而是先讓我們損失兩名戰鬥人員。」

「您想要派誰去呢，柯內留斯博士？」賈思潘問。

「要穿過敵境而不被抓到，松鼠是最佳人選。」松露高手說。

「**我們**全部的松鼠（為數不多喔），」尼卡不里說，「都相當浮躁。這種工作我只信任啪噠推。」

「那就派啪噠推去吧，」賈思潘國王說，「那另一個信差是誰呢？我知道你願意去，松露高手，但是你速度不快。您也不行，柯內留斯博士。」

「我**不去**，」尼卡不里說，「這裡有這麼多人類和野獸，一定要有個矮人在，確保矮人受到公平的待遇。」

「天哪！」川卜金憤怒地大喊，「你對國王是用這種態度說話嗎？派我去，大人，我去。」

「可是你不是不相信『號角』的事嗎，川卜金？」賈思潘說。

「我還是不相信呢，陛下。不過那和這件事有什麼關係？我可能白忙一場死掉，就像我可能死在這裡一樣，您是我的國王。我知道給人勸告和接受命令的區別。您接受我的勸告，現在該我接受命令了。」

「我會永遠記得，川卜金，」賈思潘說，「你們其中一個人去把啪噠推找來。那我該什麼時候吹『號角』呢？」

「我會等到日出，陛下，」柯內留斯博士說，「有時候那對『白魔法』會發揮某種效果。」

幾分鐘之後，啪噠推來了，他們向他解釋了任務。跟許多松鼠一樣，他充滿了勇氣、精力、興奮和淘氣（更不用說還有自負了），幾乎是一聽到就急著想走了。事情都安排好了，他要前往燈野，同時川卜金就往河口去，這段路比較近。匆匆吃過飯之後，他倆便在國王、獾、柯內留斯等人千謝萬謝和祝福聲中出發。

8
離開小島

我就不明白為什麼你會不相信這件事。
不是有很多故事都說到魔法會把人從一個地方，
變到另一個地方嗎？

「所以啦，」川卜金說（你們現在知道了吧，說這個故事給坐在凱爾帕拉瓦宮大廳廢墟草地上的四個孩子聽的，就是他），「所以，我就放了一、兩片麵包在口袋裡，只帶了匕首這個武器，在黎明時分走到樹林裡。我辛辛苦苦走了好幾個小時，突然傳來一個我這輩子從來都沒有聽過的聲音。哎呀，我永遠忘不了的。整個空氣中都是它的聲音，像雷聲一樣響，但是持續得更久，清涼又甜美，好像是水上傳來的音樂，但是力量卻強大得把樹林都撼動了。我就對自己說：『如果這不是『號角』聲，我就是笨蛋嘍。』過了一會兒，我心想他為什麼不早一點吹——」

「那是什麼時候？」愛德蒙問。

「在九點和十點之間。」川卜金說。

「就是我們在車站的時候呀！」四個孩子說著，彼此睜亮了眼睛望著。

「請說下去。」露西對矮人說。

「啊，我剛才是說呀，我心裡是那樣想，但還是盡可能地跑著。我跑了一整晚——然後，等到今天早晨天要亮還沒亮的時候，我竟然比巨人還沒腦子，冒險在空曠的鄉間走小路，想直接穿過一個大河灣，就被逮著啦。不是被敵軍抓，而是一個傲慢自大的老呆瓜，他負責管理一座小城堡，那是米拉茲在海岸邊的最後一座堡壘。不用我說你們也知道，他們問不出我的實話，不過我是個矮人，這一點就已經夠了。但是，哎呀呀！好在那個老東西**是個**自大的傻瓜！要是任何一個人，早就當場一刀殺了我。但是他非得要一場盛大的行刑，他要用全套儀式把我順流送下去『餵鬼魂』。後來這位姑娘（他朝蘇珊點點頭），就運用她的箭術——我告訴你，她的射擊還真不賴呢——於是我們就在這裡啦。但是我的武器已經沒了，當然都被拿走了。」他把菸斗裡的東西敲出來，重新裝上菸絲。

「老天爺！」彼得說，「原來昨天早上把我們從月台椅子上拖走的，就是那個號角——是妳自己的號角呢，蘇珊！我簡直不敢相信，可是這一切都符合呢！」

「如果你相信有魔法，」露西說，「我就不明白為什麼你會不相信這件事。不是有很多故事都說到魔法會把人從一個地方——從一個世界——變到另一個地方嗎？我的意思是說，《天方夜譚》故事裡的魔法師召喚精靈前來時，精靈就一定得出現。而我們也是一定得出現，就是這樣呀。」

「對呀，」彼得說，「不過我猜這給人很怪的感覺，原因是，在那些故事當中，召喚的總是在我們世界中的某個人。我們不太會想到那個精靈會從**哪裡**來。」

「而現在我們總算知道精靈是作何感想了，」愛德蒙咯咯笑著說，「哎呀！知道**我們**竟然會被別人像這樣子召喚而來，這感覺還真讓人不舒服呢。這比爸爸說我們要看電話的臉色生活還要慘呢！」

「可是我們願意來這裡的，不是嗎？」露西說，「如果亞斯藍希望我們來的話。」

「而在同時呢，」矮人說，「我們該怎麼辦？我想我最好是回報賈思潘國王，說沒有救援了。」

「沒有救援？」蘇珊說，「可是號角**的確**發揮作用啦，我們也來了呀。」

「嗯——嗯——對啦，沒錯。我明白，」矮人說，他的菸斗好像塞住了（總之他讓自己忙著清菸斗）。「只是——呃——我是說——」

「你還看不出來我們是什麼人嗎？」露西大吼，「你還**真是**笨呢！」

「我猜你們就是古老傳說裡的那四個孩子，」川卜金說，「我當然很高興能遇見你們。這真是非常有趣呢，毫無疑問。只是——我說了你們可別生氣喲。」他又遲疑了。

「請說下去，把想要說的話全說出來。」愛德蒙說。

「嗯，那麼——可別生氣，」川卜金說，「只是，你知道，國王、松露高手和柯內留斯以為會是——嗯，如果你明白我的意思——會是救援。換句話說吧，我想他們把你們想像成偉大的戰士了。結果呢——我們非常喜歡小孩子啦，只是目前在戰爭當中——但是我相信各位能夠了解。」

「你是說你認為我們沒有用？」愛德蒙漲紅著臉說。

「拜託請不要生氣。」矮人打斷他的話，「我向各位保證，我親愛的小朋友們——」

「從你嘴裡說出『小』這個字，真是太過分了，」愛德蒙說著一躍而起。「那我想你不相信我們打贏了『貝路納之役』嘍？好，你愛怎麼說就怎麼說，因為我知道——」

「發脾氣也沒什麼用，」彼得說，「我們先到藏寶室給他找一套新的甲冑，我們自己也穿上甲冑，然後再談一談。」

「我不懂為什麼要——」愛德蒙才說，露西就在他身邊低聲說：「我們是不是最好照彼得的話去做？他是『大王』喔，你知道。我想他一定有所打算。」於是愛德蒙也同意了，靠著他的手電筒，所有人——包括川卜金——再次走下樓梯，進到藏寶室陰冷和蒙塵的光華中。

矮人見到擺放在架子上的寶物（雖然他必須踮起腳尖才看得見），眼睛立刻一亮，喃喃自語道：「這絕對不能讓尼卡不里看到，絕對不行！」他們很容易就為他找到一件鎖子甲、一把劍、一頂護面頭盔、一面盾牌、一把弓和一箭筒的箭，這些全都是矮人使用的大小。護面盔帽是銅製的，鑲有紅寶石，劍柄上還有金飾。川卜金一輩子也沒見過這麼貴重的寶物，更不用說還要佩帶了。四個孩子也都穿上鎖子甲、戴上護面盔帽。愛德蒙找到一把劍和一面盾牌，露西找到一把弓——彼得和蘇珊當然早就拿好他們的禮物了。他們走樓梯回去的時候，身上穿的甲冑啪噠啪噠響，看起來已經像是納尼亞人，不是學童了，而他們自己也這麼覺得。這時候兩個男生走在後頭，顯然是有什麼計畫。露西聽到愛德蒙說：「不要，讓我來。如果我贏了，他看起來會更慘；如果我輸了，我們也不至於太沒面子。」

「好吧，愛德蒙。」彼得說。

他們走到外頭以後，愛德蒙很有禮貌地轉身對矮人說：「我有件事想要請求你答應。我們這些小孩子不常有機會遇見像你這樣的偉大戰士。你願不願意和我來一場比劍？那會非常好的。」

「可是，孩子呀，」川卜金說，「這些劍都很鋒利呢。」

「我知道，」愛德蒙說，「可是我絕不會離你很近，而你也夠聰明，可以在不傷我的情況下打掉我的劍。」

「這是個很危險的遊戲，」川卜金說，「不過既然你這麼說，就來比劃一下吧。」

一會兒之後，兩把劍都出了鞘，其他三人也都跳離高台，站在一旁觀看。這場比劍還真值得一看呢。它不像你看到舞台上演的用大刀互砍的可笑打鬥，也不像你有時候看到的雙刃劍的打鬥。這可是真正的大刀打鬥。要點是要揮劍砍向敵方的雙腿雙腳，因為這些地方是沒有甲冑保護的。而當對方揮砍你的雙腿雙腳時，你就要兩腳一起騰空地跳起來，讓對方擊空。這樣一來矮人比較有利，因為愛德蒙個子比較高，所以必須一直弓著身體。要是愛德蒙是在二十四小時以前和川卜金鬥劍，我不認為愛德蒙會有勝算。然而自從他們來到這座島上以後，納尼亞的空氣就一直對他產生影響力，從前所有的戰役經驗又回到他身上了，所以他的手臂和手指都回想起昔日的技巧。他又變回愛德蒙國王了。這兩名劍客彼此一直繞著圈子，不斷地出手要刺向對方，蘇珊（她永遠也不會喜歡這種事情的）就會大叫：「喔，**千萬要**小心哪！」之後，在快得沒有人（除非他知道這件事，例如彼得）看清楚是怎麼回事的情況下，愛德蒙用一種奇特的扭轉動作揮轉他的劍，矮人的劍就飛出他手中，他搓揉著空了的那隻手，就像被板球球拍打到手時那樣。

「我親愛的小朋友，你沒有受傷吧，我希望？」愛德蒙說，他微微喘著氣，一邊把劍插回劍鞘。

「我懂了，」川卜金冷冷說道，「你懂得一種我從沒有學過的技法。」

「沒有錯，」彼得插口道，「世界上最好的劍客也有可能被一種他沒見識過的技法打掉武器。我想，讓川卜金有機會試試別的，這才公平，你願不願意和我妹妹比賽射箭？箭術可沒有什麼特別的技法，你知道。」

「啊，你們真愛開玩笑呢，」矮人說，「我漸漸明白了。好像在今天早上的事情以後，我不知道她多麼會射箭一樣。沒關係，我就試試看吧。」他聲音粗獷地說，但是他的兩眼卻是一亮，因為他在自己族人當中，是個著名的弓箭手。

他們五個人全走到院子裡。

「要用什麼做目標呢？」彼得問。

「我想可以用那顆掛在牆頭樹枝上的蘋果。」蘇珊說。

「那樣很好呢，姑娘，」川卜金說，「你是說靠近拱門中間的那顆黃色蘋果嗎？」

「不，不是那個，」蘇珊說，「是上頭那個紅蘋果——在城垛上面的。」

矮人臉色一沉。「那看起來不像蘋果，倒像是顆櫻桃。」他喃喃說道，但是沒有大聲說什麼。

他們擲銅板決定誰先射（川卜金大感興趣，因為他從來沒看過人擲銅板），結果蘇珊輸了。他們要站在從大廳通到庭院的梯階最上層，朝蘋果射去。從矮人就位，拿起弓的樣子，誰都看得出來，他很清楚自己要做的事。

弓弦發出「咻」的一聲，這一箭射得非常好。箭飛過去的時候，小蘋果還搖晃著，隨後一片葉子就飄落下來。接著蘇珊走到梯階頂層，搭上弓弦。她對這場比賽高興的程度，沒有愛德蒙對他那場比賽高興的一半多，這倒不是因為她對於射中蘋果有任何懷疑，而是因為蘇珊心腸軟，不喜歡打敗一個已經吃了敗仗的人。矮人仔細盯著她把箭拉到耳邊。一會兒後，在這片安靜的地方，人人都能聽得到，輕輕「咻」的一聲，蘇珊的箭正中那顆蘋果，蘋果落到草地上。

「射得好哇，蘇珊！」其他孩子們大叫道。

「其實這一箭沒有比你的好多少，」蘇珊對矮人說，「我想是你在射箭的時候有一點風。」

「不是的。」川卜金說，「不用安慰我啦。我被公平地打敗，自己心裡有數。我甚至不會說，當我把手臂往後伸的時候，我上次的傷口讓我沒辦法用力伸——」

「噢，你受傷了嗎？」露西問，「請讓我看一下。」

「這個景象不適合小女孩。」川卜金說，但是他又突然克制了自己。「看看，我又像個傻子一樣地說話了，」他說，「我猜妳很可能會成為一個偉大的醫師，就像妳哥哥成為偉大的劍客，或者是妳姊姊成為偉大的神射手呢。」他在階梯上坐下，脫下身上的鎖子甲，又脫了內衫，露出一條像水手一樣毛茸茸，肌肉結實的手臂，不過這條手臂不比孩童的手臂大多少。他的肩膀上彎彎扭扭地纏了繃帶，露西把它打開。繃帶下的傷口看起來很糟，傷口附近也腫得好大。「噢，可憐的川卜金，」露西說，「真可怕！」於是她小心翼翼地從她的扁瓶裡倒了一滴果露到傷口上。

「喂，啊？妳做了什麼事啦？」川卜金說。但是不管他怎麼轉頭，怎麼斜眼睛瞄，把他鬍子來來回回地轉動，就是不太能看到自己的肩膀。於是他就盡量想要去摸，把兩隻手臂和手指頭弄到很困難的位置，就像你想要搆到一個你搆不到的地方去抓癢一樣。然後他揮了揮手臂，又抬起來，試試伸展肌肉，最後他跳起來大叫：「哎呀呀！我的手臂好啦！完好如初啦！」之後他放聲大笑，並且說：「哎呀，我讓自己出盡了洋相。各位不會生氣吧？我希望。我願為各位陛下盡我謙卑的義務——謙卑的義務。謝謝各位救了我的命、治好我的傷，又給我早餐——和給我的教訓。」

孩子們說沒有關係，不用客氣。

「現在呢，」彼得說，「如果你真的決定相信我們——」

「我已經決定了。」矮人說。

「我們該怎麼做，很明顯地，我們必須立刻去找賈思潘國王。」

「越快越好，」川卜金說，「我自己的愚蠢已經害我們浪費了一個小時左右。」

「照你的走法，差不多要兩天，」彼得說，「我是說我們要這麼多時間。我們不能像你們矮人族那樣日日夜夜不停地走。」接著他轉身對其他人說：「川卜金說的『亞斯藍土丘』顯然就是『石桌丘』。你們還記得，從那裡到『貝路納淺灘』差不多要走半天的路，或是不到半天——」

「我們現在叫那裡是『貝路納橋』了。」川卜金說。

「我們那時候那裡是沒有橋的，」彼得說，「然後從貝路納再到這裡，要一天多一點的時間。如果不慌不忙地走，從前我們都是差不多在第二天喝茶的時間到。如果趕一下路，或許可以在一天半走完。」

「但別忘了，現在這裡全都是樹林了，」川卜金說，「而且還有敵人要躲。」

「聽著，」愛德蒙說，「我們要不要走『我們親愛的小朋友』（Our

Dear Little Friend）來的路回去？」

「陛下，您可千萬別再這麼說我了。」矮人說。

「很好，」愛德蒙說，「那我可以說我們的『D. L. F.』嗎？」

「喔，愛德蒙，」蘇珊說，「不要**這樣**逗他嘛！」

「不要緊的，小姑娘——我是說，陛下，」川卜金咯咯笑著說，「開玩笑又不會讓人長水疱。」（從此以後他們就常叫他「D. L. F.」，叫得他們幾乎忘了當初怎麼會這樣叫了呢。）

「我說呀，」愛德蒙繼續說，「我們不用往那邊走。我們為什麼不划船往南邊一點走，等划到了明鏡溪後，再往上游走？這樣子我們可以到『石桌丘』後頭，而且我們在海上會很安全。如果我們立刻出發，天黑前就可以到明鏡溪的源頭，睡幾個小時，明天很早就可以到賈思潘那裡了。」

「熟悉海岸可真了不起呀，」川卜金說，「我們沒有一個人對明鏡溪有什麼了解。」

「那食物怎麼辦呢？」蘇珊問。

「噢，我們只好拿蘋果湊合了，」露西說，「快點開始吧。我們到現在為止什麼事都沒有做，而我們已經待在這裡快兩天了。」

「況且再也不會有人拿我的帽子去裝魚了。」愛德蒙說。

他們把一件雨衣拿來當成袋子，裝了許多蘋果在裡面。然後他們到井邊好好喝了個痛快（因為他們要抵達溪的源頭以後才能再遇見淡水），就到了船上。孩子們對於要離開凱爾帕拉瓦宮都感到很不捨，這裡雖然已成廢墟，但是已經開始又像是他們的家了。

「最好是『D. L. F.』掌舵，」彼得說，「我和愛德蒙一個人划一枝槳。但是且慢，我們最好把鎖子甲脫掉，因為等我們弄完，我們會很熱。兩個女生最好待在船上，替『D. L. F.』指引方向，因為他不認得路。你們最好把船划出海夠遠，一直到我們過了這個島。」

很快地，小島長滿樹木的綠色海岸就在他們身後越來越遠，它那些小小的海灣和海岬也變得更平坦，小船在輕柔的海浪中間上下起伏。他們周圍的海面變寬，遠處的海水也變得更藍了，但是船邊的海水卻是綠色而且冒著泡泡。每樣東西聞起來都是鹹的，除了海浪聲和海水拍擊著船身的喀啦喀啦聲、划槳時水花濺起的聲音，以及槳架的震動聲外，周遭沒有一點嘈雜的聲音。陽光越來越熾熱。

坐在船頭的露西和蘇珊可真快活，她們彎身到船邊，想把手伸到海水裡，只是她們一直搆不到。但她們卻看得到海底，海底大部分都是純淨的白沙，偶爾有大片大片的紫色海藻。

「這就像從前呢，」露西說，「妳還記得我們去泰瑞賓西亞——格爾瑪——七小島——和寂島——的旅程嗎？」

「記得呀，」蘇珊說，「還有我們那艘大船，『璀璨琉璃號』，船頭雕著天鵝的頭，雕刻的天鵝翅膀幾乎伸展到中間甲板呢。」

「還有綢緞的帆和那些好大的船尾燈！」

「還有在舵樓甲板舉行的盛宴和那些樂師。」

「妳還記得我們把樂師送到高處，讓他們吹笛子，好讓音樂聽起來像是天上的仙樂嗎？」

不久後，蘇珊接過愛德蒙的槳，他就到船頭和露西一起。他們已經通過小島，現在越來越靠近岸邊——岸邊長滿了樹木，荒無人跡。要不是想到從前這裡是一片空曠，微風吹拂，充滿了決活的地方的朋友，他們會認為這幅景色十分美麗呢。

「吁！這可真是苦差事！」彼得說。

「我可不可以划一下下？」露西問。

「船槳太大了，妳不行。」彼得簡短說著，倒不是因為他不高興，而是因為他已經沒有多餘的力氣說話了。

9
露西看見了

露西的眼睛習慣光亮之後，
就能把最靠近她的樹木也看得分明了，
這時她心中突然湧上一股強烈的渴望，
希望以前納尼亞的樹木會說話的舊時光能夠再回來。

他們還沒有繞過最後一個海岬，展開最後一段上溯明鏡溪的划行，蘇珊和兩個男生就已經累得不得了；而長時間在太陽底下曝曬，加上一直盯著水面，教露西頭痛了起來。就連川卜金也恨不得這趟航程快快結束。他掌舵所坐的位置是為人類設計，不是為矮人族，所以他兩條腿根本搆不著船底板，而誰都知道這樣子即使只是十分鐘都會有多麼不舒服。所有人都疲憊之後，士氣也低落了。一直到現在為止，這些孩子們一心只想著怎麼到賈思潘那裡。而現在他們開始懷疑：他們找到他以後要怎麼辦？寥寥無幾的矮人和森林動物，要怎麼打敗正常大人的軍隊？

暮色漸濃，他們慢慢划過明鏡溪的彎曲處向上行。當河的兩岸慢慢靠近，岸邊樹木的枝葉幾乎在他們頭上方連成一片時，暮色更為陰暗了。海水的聲音已經在他們身後聽不見了，所以非常安靜，他們甚至還能聽到林中小溪溪水流入明鏡溪的滴流聲。

他們終於上了岸，但是因為太累了，火也懶得生，甚至蘋果晚餐（雖然他們大部分人都覺得他們再也不想看到蘋果一眼了）也似乎比去獵捕什麼來吃要好。他們安安靜靜啃著蘋果，不多久就在四棵巨大的山毛櫸之間的青苔和枯葉上擠成一團躺下了。

每個人都立刻沉入夢鄉，除了露西。露西沒有他們累，而她發現很難讓自己舒服。還有，她之前一直忘了：所有的矮人都會打呼。她知道要讓自己睡著的一種好方法，就是不要勉強去睡，所以她就睜開眼睛。在蕨類植物和樹木枝葉間有個空隙，透過這個空隙，她可以看到一小片溪水，以及上方的天空。然後，帶著回憶的興奮，她又看到了多年前那些明亮的納尼亞星星了！曾經，她對它們的認識要比對我們世界的星星還要深，因為在她做納尼亞的女王時，她上床的時間比她在英格蘭當小孩子的時候晚了好久。此刻，它們就在那裡——從她躺著的地方，可以看到夏季星座的至少三顆星：船星、鎚星和豹星。「親愛的老豹星呀！」她快活地喃喃自語。

她並沒有越來越睏，反而更加清醒了——那是一種怪異、夜間的、夢幻般的清醒。溪水變得更加明亮。她現在知道月亮正在溪水上方，雖然她看不到月亮。這時候她開始覺得這整座森林都和她一樣醒來了。她不知道自己為什麼這麼做，但是她很快爬起來，走到營地外一段距離。

「好棒喔！」露西對自己說。空氣涼爽而清新，到處都飄著芳香的氣味。她聽到附近某個地方一隻夜鶯吱喳叫著，而後開始唱起歌來，然後停住，再開始唱著。前方比較亮，於是她朝光亮處走去，來到一個樹木稀疏的地方，這裡有大片大片的月光，只是月光和陰影交錯混雜，使你根本不能確定哪個東西在哪裡，或者什麼是什麼。就在這時候，終於滿意自己的調音的那隻夜鶯，開始全力唱起歌來。

露西的眼睛習慣光亮之後，就能把最靠近她的樹木也看得分明了，這時她心中突然湧上一股強烈的渴望，希望以前納尼亞的樹木會說話的舊時光能夠再回來。只要她能把這些樹木喚醒，她很清楚它們會怎麼說話，以及它們會變成什麼樣的人類外觀。她注視一株銀樺：她會有個溫柔空靈的嗓子，看起來像一個纖細的女郎，棕色頭髮披垂在臉龐旁邊，喜歡跳舞。她看著橡樹：他會是個皮膚乾皺但是樂天開朗的老公公，有一把捲捲的鬍子；臉上和手上長了許多痣，痣上還長著毛。她又看看站著的上方那棵山毛櫸。啊哈！

她會是所有樹木當中最好看的一個，她會是一位優雅的女神，溫柔又氣派，是樹林女神。

「噢，樹呀，樹呀，樹呀。」露西說（其實她起先根本不想開口的），「噢，樹呀，醒醒，醒醒，醒醒。你們不記得了嗎？你們不記得我了嗎？樹精！樹仙！出來嘛，來找我嘛！」

樹林裡沒有一絲風，但是樹木卻在她周圍晃動著。樹葉的窸窣聲幾乎像是在說話一般。那隻夜鶯停止了歌唱，好像也在傾聽。露西覺得她隨時都會了解樹木想說的是什麼，但是這種時刻卻始終沒有到來。窸窣聲漸漸消失。夜鶯繼續唱歌。即使在月光下，這片樹林也再次顯得平淡無奇了。然而露西卻有一種感覺（就像有時候你想要記起一個名字或是一個日期，差一點就要想起來卻又給它溜掉了的感覺），好像她剛剛錯過了什麼東西：好像她對樹說話的時間早了一點點或是晚了一點點，或是該說的話漏了一個字，或是剛好說了一個不該說的字。

突然她覺得好累，於是回到營地，擠在蘇珊和彼得中間，幾分鐘後就睡著了。

第二天早晨醒來，他們只覺得又冷又悽慘，樹林裡天色昏暗（太陽還沒有出來），每樣東西都是又潮又髒。

「蘋果呀，唉！」川卜金苦笑著說，「我得說呀，你們這些古時候的國王和女王可真是餵不飽你們的臣子呀！」

他們站起來，把身子抖了抖，便往四下看去。但是樹木濃密，他們往任何方向都看不到幾碼遠。

「我猜想各位陛下大人是認得路的吧？」矮人說。

「我不認得，」蘇珊說，「我一輩子從沒看過這些樹木。事實上我一直認為我們應該沿著河走。」

「那我認為妳當時就應該說。」彼得說，話中帶著可以原諒的尖刻。

「噢，別理她，」愛德蒙說，「她向來就愛掃興。彼得，你不是帶著袖珍羅盤嗎？好，那我們就很安全啦。我們只要一直朝西北走——穿過那條小河，就是——那叫什麼的？——羅須河——」

「我知道，」彼得說，「就是在『貝路納淺灘』——或者照『D. L. F.』所說，叫做『貝路納橋』——流到大河的那條河。」

「沒錯。過了那條河，再往山上爬，我們就可以在八、九點走到『石桌丘』（我是說，『亞斯藍土丘』）。我希望賈思潘國王能給我們一頓豐盛的早餐！」

「希望你說得沒錯，」蘇珊說，「我什麼都不記得了。」

「這就是女王最糟糕的地方了，」愛德蒙對彼得和矮人說，「她們腦袋裡從來沒有地圖。」

「那是因為她們腦子裡還有別的東西。」露西說。

起初情況看起來挺順利。他們甚至還以為他們走到一條舊路了，不過如果你對森林有一點了解的話，就會知道你總會發現一些你想像出來的路。這些小路過了五分鐘左右就不見了，接著你以為你又發現另一條小路（並且在心裡希望它不是別的路，而是原來那一條），然後過一會兒它也不見了，等到你被這些小路弄得迷了路，你才發現其實那些沒有一條是路。不過男孩子和矮人早就習慣在森林裡，所以再怎麼上當，頂多不會超過幾秒鐘。

他們辛苦走了大約半小時（其中有三個人因為昨天划船的關係，身體都僵硬了），川卜金突然低聲說：「停！」他們就停下步子。「有個東西在跟蹤我們，」他用低低的聲音說。「或者該說是有東西一直在想要趕上我們的步子。在左邊那裡。」他們全都一動也不動地站著，仔細聽、仔細瞧，一直到眼睛痠、耳朵痛。「我們最好都把箭搭在弦上。」蘇珊對川卜金說。矮人點點頭，等兩個人都搭上箭之後，一群人才再度往前走。

他們走了幾十碼，穿過一片林間空地，一邊提高警覺，隨時注意四周。之後他們來到一個長著濃密矮樹叢的地方，他們不得不靠著旁邊走，就在這麼走的時候，突然有個東西閃電般從地上斷裂的細枝躥起，咆哮怒吼，一閃而過。露西一下子被撞倒，喘不過氣來，倒下時還聽到弓弦的彈動聲。等她恢復了注意力，她看到一頭面目猙獰的灰熊躺在地上，已經死了，腰間中了川卜金的箭。

「『D. L. F.』在**這一場**比賽裡贏妳了，蘇珊。」彼得勉強擠出笑容說。這個驚險的場面把他們都震撼住了。

「我——我等得太久了，」蘇珊口氣尷尬地說，「我好害怕牠會是，你知道——是我們那一夥的熊，**會說話**的熊。」她不喜歡殺生。

「問題就在這裡哪，」川卜金說，「大部分的野獸都變成敵人，也變啞了，可是還有一些不是。你根本不會知道，而你也不敢等著看是不是。」

「可憐的熊先生，」蘇珊說，「你認為牠**不是**嗎？」

「牠不是，」矮人說，「我看到牠的臉，也聽到牠的吼聲。牠只想把小女孩當早餐吃下肚。對了，說到早餐，當各位陛下大人說希望賈思潘能請你們吃頓很棒的早餐時，我不想洩各位的氣，但是肉在營地裡是稀罕的東西。而一頭熊可以讓人痛快吃上好一陣子。把牠的屍體丟在這裡，一點也不拿，那太可惜了。何況這也不會多耽誤我們半個小時。我相信你們兩個年輕人——我該說是國王——該知道怎麼剝熊皮吧？」

「我們走開，到遠一點的地方坐下。」蘇珊對露西說，「我知道那會變成多麼可怕的混亂場面。」

露西全身顫抖，她點點頭。她們坐下後，她說：「我腦子裡想到一個好可怕的想法喔，蘇珊。」

「是什麼呀？」

「如果哪一天，在我們原來的世界裡面，人類開始內心變狂野了，就像是這裡的動物一樣，但是他們看起來還是人模人樣的，使你永遠也不知道誰是誰，那不是很可怕嗎？」

「不用想這些事情，我們在納尼亞這裡該擔心的事已經夠多了。」務實的蘇珊說。

當她們回到男生和矮人那邊的時候，他們正想盡量帶走那些切下來最好的肉。生肉可不是什麼可以放在口袋裡的好東西，不過他們還是用新鮮樹葉把肉包起來，盡可能湊合了。他們經驗老到，知道只要走得夠久，而且真正饑腸轆轆的時候，他們對這些軟趴趴而又不教人愉快的包裹就會有非常不同的感覺了。

於是他們再次上路（在經過第一條小溪時停下來，洗了三雙需要洗乾淨的手），直到太陽昇起，鳥兒開始唱著歌，多到讓人受不了的蒼蠅在羊齒植物上嗡嗡叫。昨天划船造成的僵硬已經漸漸消失。每個人的精神都來了。陽光越來越熱，他們就摘下護面頭盔，拿在手上。

「我猜我們走的路是對的嘍？」約一小時後愛德蒙說。

「只要我們不要太向左邊走，我看不出我們怎麼會走錯。」彼得說，「如果我們朝右走，最糟的也不過是因為太快就到大河，而沒有抄近路走以至於浪費了一點時間而已。」

於是他們繼續邁步往前，除了他們沙沙的腳步聲和他們鎖子甲嚓嚓嚓嚓的聲音外，一片寂靜。

「這條羅須河流到哪裡呀？」好久以後，愛德蒙說。

「我真的認為我們應該早就遇到它了，」彼得說，「可是除了繼續走下去也沒有別的辦法。」他們兩人都知道矮人正焦急地望著他們，但是他什麼話也沒說。

他們仍舊走著，身上的盔甲也開始變得又熱又重了。

「這是什麼啊？」突然彼得說。

他們幾乎已經走到一個小懸崖的邊邊，但是他們之前卻沒有看見，而這座懸崖俯瞰一座峽谷，峽谷底部有一條河。懸崖另一邊的山壁更為高聳。這群人當中，除了愛德蒙（或許還有川卜金）之外，沒有人會攀岩。

「各位，對不起，」彼得說，「走這條路是我的錯。我們迷路了。我這輩子從來沒有看過這個地方。」

矮人低低吹了聲口哨。

「喔，我們回頭走另外一條路吧！」蘇珊說，「我早就知道我們會在這些樹林裡迷路的。」

「蘇珊！」露西用責備的語氣說，「不要嘀嘀咕咕地對彼得叨唸。那樣太差勁了，而且他已經盡了力。」

「妳也別罵蘇珊了，」愛德蒙說，「我認為她說得很對。」

「哎呀呀！」川卜金嘆道，「如果我們來的路上就迷路了，我們怎麼找到回去的路？如果我們要回去島上，從頭再開始——就算我們可以做得到這一點——那我們還不如乾脆放棄這件事算了。米拉茲在我們以那種速度趕回去以前就會把賈思潘解決掉了。」

「你認為我們應該繼續嗎？」露西說。

「我不太相信大帝會迷路，」川卜金說，「憑什麼說這條河不是羅須河？」

「因為羅須河不在峽谷裡。」彼得說，他正很困難地壓抑自己的脾氣。

「陛下您說它**現在不在**，」矮人說，「但是您不是應該說它從前不在嗎？您在幾百年前——甚至會是一千年呢——熟悉這塊地方。難道它不會改變嗎？也許一次山崩使那座山一半都坍落了，露出光禿禿的岩石，就成了峽谷再過去的那座懸崖。而羅須河也可能年復一年加深了河道，到後來就造成這一邊的小懸崖。或者曾經有地震之類的事。」

「我從來沒想到耶。」彼得說。

「況且，」川卜金繼續說下去，「就算這條河不是羅須河，它大致上也是往北流，所以它一定還是會流到『大河』。我想我南下找你們的時候，好像有經過這條河。所以如果我們往下游走，往右邊走，就會走到『大河』了。這也許沒有我們希望的好，不過至少不會比我來的時候路要差。」

「川卜金，你真是個大好人耶！」彼得說，「那就走吧！從峽谷這一面下去。」

「快看！快看！快看！」露西叫起來。

「哪裡呀？什麼呀？」每個人都在問。

「獅子啊，」露西，「就是亞斯藍啊！你們沒看到嗎？」她的表情完全改變了，雙眼閃閃發亮。

「你是說——」彼得問。

「妳想妳是在哪裡看到他的？」蘇珊問。

「不要像大人那樣子說話嘛！」露西跺著腳說，「我不是『想』我看到他。我是真的看到他了。」

「在哪裡呀，露西？」彼得問。

「就在那上面，在那些山梨樹的中間。不對，是峽谷的這一面。而且是上頭，不是下面。就是你想走的相反的那面。他要我們走到他那個地方——那邊上面。」

「妳怎麼知道他要我們這樣做？」愛德蒙問著。

「他——我——我就是知道嘛，」露西說，「從他的表情可以知道。」

其他人在帶著疑惑的安靜中面面相覷。

「女王陛下很可能確實看到一頭獅子，」川卜金插嘴說道，「我聽說這些森林裡有獅子，但是牠卻不一定是隻友善又會說話的獅子呀，就像那頭熊就不是友善而且會說話的熊呀。」

「噢，別笨了吧，」露西說，「你想我遇到亞斯藍會不認得他嗎？」

「如果他是你們在這裡時的那頭獅子，」川卜金說，「現在他也該是頭老獅子了！再說就算他是原來那頭，憑什麼他不會和其他野獸一樣也變得狂野而且不會說話？」

露西臉都漲紅了，我想要不是彼得把手按住她的手臂，她早就朝川卜金痛罵了。「『D. L. F.』不明白。他怎麼會明白嘛？而川卜金呀，你必須相信，我們的確是了解亞斯藍的，我是說，對他有一些些的了解。你不可以再那樣說他。一方面是這樣說很不吉祥，另一方面那根本是胡說。我們唯一的問題是，亞斯藍是不是真的曾經在那裡過。」彼得說。

「可是我知道他是的呀。」露西說，她眼中噙著淚水。

「是的，露西，可是我們不知道哇。」彼得說。

「除了表決，沒有別的辦法。」愛德蒙說。

「好吧，」彼得說，「『D. L. F.』，你年紀最大。你贊成哪樣？往上走還是往下走？」

「往下走。」矮人說，「我對亞斯藍一無所知。不過我卻知道，如果我們往左邊走，再爬上峽谷，我們可能要走上一整天才能找到地方過河。而如果我們往右，往下走，我們再過幾個小時就一定會碰到『大河』。況且如果附近有任何獅子出現，我們一定會遠離牠們，而不是走向牠們。」

「妳的看法呢，蘇珊？」

「妳不要生氣喔，露西，」蘇珊說，「可是我真的認為我們應該往下走。我累死了。讓我們盡快走出這片可怕的樹林，到空曠的地方吧。況且除了妳以外，我們誰也沒有看到任何東西。」

「愛德蒙？」彼得說。

「嗯，是這樣的，」愛德蒙話說得很快，臉紅了。「我們在一年前——或者是一千年前，不管是什麼——發現納尼亞的時候，是露西先發現的，當時我們沒有一個人相信她。我更是不信，我知道。可是最後她還是對的。所以這次我們相信她，不是比較公平嗎？我贊成往上走。」

「噢，愛德蒙！」露西說著抓住他的手。

「現在該你了，彼得，」蘇珊說，「我希望——」

「喂，閉嘴，閉上妳的嘴，讓我想想看。」彼得打斷她的話，「我倒情願不必表決。」

「您是大王呀。」川卜金冷冷地說。

「往下走。」過了很久以後，彼得說道，「我知道最後露西有可能還是對的，但是我不得不這樣。我們總得做個選擇，不是這就是那。」

於是他們就往右邊，沿著河的下游走去。露西走在最後面，難過地哭著。

10
獅子回來啦

她站起身，心怦怦狂跳，朝著這些樹木走去。
林中空地上確實有些聲音，像是樹木被強風吹動的聲音，
只是今晚並沒有風。

沿著峽谷邊緣走，可不像看起來那麼容易。他們還沒有走多遠，就遇上長滿這邊緣的一片幼樅樹樹林，他們在這樹林裡又鑽又擠的想穿過去，但是大約十分鐘後，他們才明白在這樹林裡走上半哩路大概要花一個小時的時間。所以他們又退出來，決定繞過這片樅樹林。這樣一來，他們就往更右邊走，走到看不見懸崖，也聽不到河水聲的地方，到後來他們開始怕會完全迷了路。沒有人知道時間，但是現在已經接近一天中最熱的時分了。

等他們好不容易回到峽谷邊緣（這裡比他們的出發點要低幾乎一哩），他們發現這邊的懸崖要低很多，也不連貫。不久他們就找到路走下峽谷，繼續沿著河邊前進的旅程。不過他們先休息一陣子，又喝了好久的水。再也沒有人提到和賈思潘一起吃早餐，甚至晚餐的事了。

他們要是不走上峽谷，而沿著羅須河走，倒還好些。這樣使他們清楚他們的方向，而自從有過那片樅樹林的經驗之後，他們都害怕會被迫遠離了路，而迷失在森林裡。那座森林十分古老，沒有路，你在裡面都得彎彎曲曲走著，而且永遠都會有零零星星張牙舞爪的荊棘、倒下的樹、泥沼和密密叢生的灌木擋著路。不過羅須河的峽谷也絕不是個適合旅遊的好地方。我是說，它不適合趕路的人，如果漫步一下午，最後坐下來喝口茶，這裡就非常令人愉快了。這裡具有漫步喝茶所需的一切條件：水聲隆隆的瀑布、銀光燦燦的小瀑布、琥珀色的深水潭、長滿青苔的大石，河岸上你一踩可以深及腳踝的青苔、各種蕨類植物、珠寶般的蜻蜓，有時候頭頂上還有隻老鷹在飛呢。但是，孩子們和矮人都希望越早看到越好的，當然是在他們下方的「大河」、貝路納，以及往「亞斯藍上丘」去的路。

他們越走，羅須河就越往下陡斜，而他們也越來越不像是用走的，而是爬山——有些地方甚至是在攀爬滑腳的岩石，岩石下方是可怕暗黑的萬丈深淵，底下是怒吼奔流的河，十分危險。

你放心，他們絕對是急切注意左邊的山崖，想要看到有缺口或是任何可以爬上去的地方，但是那些山崖依然是殘酷無情。每個人都知道，只要他們出了這一邊的峽谷，就會遇上一道平滑好走的山坡，然後再走一小段路就可以到賈思潘的總部，所以眼前這個情形簡直要把他們急瘋了。

兩個男生和矮人現在想要生火，燒熊肉來吃。蘇珊不想，她只想——照她的話說——「繼續走下去，把路走完，離開這些討厭的樹林。」露西累得一塌糊塗，心裡也不好受，所以對任何事都沒意見。可是他們找不到乾木柴，所以誰怎麼想也無所謂了。男生開始在想，生肉是不是真的聽人說的那麼噁心。川卜金向他們保證的確如此。

當然嘍，要是這些孩子們幾天前在英格蘭想要走這種旅程，一定早就筋疲力盡了。我想我先前已經說過納尼亞是怎麼改造了他們的吧。就連露西呢，現在也只是三分之一個頭一次要去唸寄宿學校的小女孩，另外三分之二則是納尼亞的露西女王呢。

「終於到了！」蘇珊說。

「噢，萬歲！」彼得說。

河谷到這裡有個轉彎，整片景致伸展在他們腳下。他們可以看到大地從眼前一直伸展到遠方地平線，在地平線和他們之間，是那條如寬闊銀色緞帶般的「大河」。他們還看到那個特別寬特別淺的地方，那裡一度是「貝路納淺灘」，如今上方橫跨著一座有許多拱柱的長橋。在橋的另一頭有個小鎮。

「天哪，」愛德蒙說，「『貝路納之役』就是在那裡打的！」

這句話比什麼都要教男生們開心。當你看著一塊地方，那裡是你曾在幾百年前打贏一場戰爭——更不用說還贏得了王國——的地方，你絕對會感覺自己變得比較堅強。彼得和愛德蒙很快就談起那場戰爭，連他們疼痛的兩條腿和肩膀上鎖子甲沉重的負擔也都忘了。矮人也頗感興趣。

現在他們的腳步都加快了，路走起來輕鬆多了。雖然左邊仍然是筆直的峭壁，但是在他們右邊的地面卻越來越低。很快這裡已經不是峽谷，而是山谷了。瀑布沒有了，很快他們就又進了濃密的樹林裡。

而後——突然間——「咻！」的一聲，接著是像啄木鳥在啄木頭的聲音。孩子們還在猜想他們（好多年以前）在哪裡聽過像這樣的聲音，以及為什麼他們很不喜歡，這時候川卜金大喊：「趴下！」一邊同時把露西（她剛好就在他旁邊）往地上的羊齒植物裡按下去。彼得先抬頭看能不能看到一隻松鼠，結果看到了——那是一枝長箭，才剛射進他腦袋上方的樹身上。他把蘇珊往下拉，自己也立刻蹲下，這時候另外一枝箭「咻」的一聲飛過他肩膀上方，射中他旁邊的地面。

「快！快！回來！**爬回來！**」川卜金喘著氣叫道。

他們轉過身就迂迴著往山上爬，爬過羊齒植物，爬過成群嚇人的嗡嗡叫的蒼蠅。一枝枝的箭「咻咻」地飛過他們四周。一枝箭「乒」的一聲射到了蘇珊的盔帽，彈開了。他們爬得更快了。汗水從他們身上涔涔流下。然後他們開始彎下身子跑。男孩子把劍拿在手上，免得被劍絆倒。

這工作真讓人痛心——全都是上坡路，走過他們走過的路回去。當他們覺得再也跑不動，即使為了逃命也都跑不了的時候，他們全都倒在一處瀑布旁大石頭後面潮濕的青苔地上，拚命喘著氣。發現自己爬了有多高之後，都很驚訝。

他們仔細傾聽，聽不見追逐的聲音。

「好啦，**沒事了**，」川卜金深吸了一口氣說，「他們沒有搜森林。我猜他們只是哨兵。不過這表示米拉茲在那下面有前哨站。哇呀，可真險呀！」

「我把大家帶到這條路上，真該敲腦袋！」彼得說。

「恰好相反呢，陛下，」矮人說，「首先我要說，最先提議要沿著明鏡溪走的，是您的弟弟，愛德蒙國王。」

「我想『D. L. F.』說得沒錯。」愛德蒙說，從情況開始不對勁以後，他倒真的忘了這一點了呢。

「還有呢，」川卜金繼續說，「如果照我的路走，我們很可能會直接走到那個新的前哨站，再不然起碼也會為了要避開它而碰到同樣的麻煩。我認為這條明鏡溪的路線還是最好的。」

「真是看不出來的幸運呢！」蘇珊說。

「哪裡看不出來？」愛德蒙說。

「我猜我們只好再爬上峽谷了。」露西說。

「露西，妳好棒！」彼得說，「這是妳最接近『我不是早就告訴你們了嗎？』的話了。我們走吧！」

「只要我們全都進到森林裡，」川卜金說，「不管誰說，我都要生火煮晚餐了。但是我們必須快快遠離這裡。」

用不著描述他們怎麼樣辛苦地爬回峽谷上了。這段路走得很吃力，奇怪的是，每個人卻都更快活。他們已經恢復了元氣，而「晚餐」這個詞也有驚人的效果。

天色還亮的時候，他們就走到那片害他們費好大工夫的樅樹林，並且在這片樹林子上方一點的空地露營。找木柴是很煩的工作，但是當營火熊熊燃燒的時候，倒是很教人欣慰，他們拿出又濕又髒的一包包熊肉，這些肉對於一直待在屋裡的任何人而言都是很沒有吸引力的。矮人對於烹調頗有巧思。他們把每個蘋果（他們還有一些蘋果）用熊肉包起來——好像在做烤蘋果，只不過蘋果外頭裹的不是麵皮，而是肉，而且也厚得多——然後用尖木棍叉進去，再放到火上烤。於是蘋果的汁液就滲進肉裡頭，就像是烤豬肉時候的蘋果醬。以其他動物為食的熊不怎麼樣，但是吃了大量蜂蜜和水果的熊卻是非常美味，而這隻熊就屬於後者。這真是絕佳的一餐。而且，當然啦，還不用洗碗盤——只要往後一躺，看著川卜金菸斗冒出的煙，伸長疲累的兩條腿，任意閒聊就行啦。每個人此刻對於明天就能找到賈思潘國王，幾天內就能打敗米拉茲都充滿希望。他們有這種感覺，或許並不合理，但是他們就是有這種感覺呀。

他們很快就一個個睡著了。

露西從你想得到的最深沉的睡眠中醒來，感覺到有她在世界上最喜歡的聲音一直在呼喊她的名字。最初她以為是她父親的聲音，但是似乎又不像。然後她想那是彼得的聲音，可是這也不太對。她不想起身，倒不是因為她仍然很累——相反地，她充分休息夠了，所有疼痛全從她骨頭中消失了——而是因為她感到非常快樂，非常舒適。她仰頭望著上方納尼亞那比我們的月亮要大的月亮，也望著那繁星點點的天空，因為他們露宿的地方相當空曠。

「露西。」呼喚聲又起，但卻不是她父親的聲音，也不是彼得的聲音。她坐了起來，全身發抖，但並不是因為害怕，而是由於興奮。月光皎潔，使得她四周的森林景色幾乎像白天一樣清楚，不過看起來要蠻荒些。在她身後是樅樹林，她的右邊遠方是峽谷另一邊那崎嶇的懸崖頂；正前方是一片空曠的草地，距草地大約一箭之遠的地方，是一片林中空地展開的地方。露西盯著這片空地上的樹木。

「咦，我真的相信他們在走動呢，」她自言自語說道，「他們在說話呢。」

她站起身，心怦怦狂跳，朝著這些樹木走去。林中空地上確實有些聲音，像是樹木被強風吹動的聲音，只是今晚並沒有風。可是呢，這也不盡然是一般的樹聲。露西覺得這聲音中有個調子，但是她卻抓不出這個調子，就像昨晚那些樹木幾乎要跟她說話而她也沒法子分辨出那些字句一樣。不過這當中至少有一種輕快的節奏就是了，所以她走近一些，就感覺到兩隻腳想要跳舞。現在她百分之百確定這些樹真的是在走動了——他們彼此穿梭著進進出出，像是在跳一種複雜的鄉下舞蹈。（「我想，」露西想道，「樹要是跳起舞來，那一定是非常非常鄉村的舞曲了。」）這時候她幾乎已經置身在他們之中了。

她打量著的第一棵樹，乍看之下好像根本不是樹，而是個大塊頭的男人，留著毛茸茸的鬍子和雜亂的頭髮。她倒不怕，這種情形她從前也見過。但是她再一看，他又只是一棵樹了，因為這些樹在走動的時候並不是踩在地面上，而是像在水裡涉水而過那樣。她看到的每棵樹都是同樣情形。這一刻他們似乎是友善、可愛的男女巨人——當某種好的魔法把「樹人」變成有生命的時候，他們就會變成這種外觀——而下一刻他們就又像是樹木了。只是就算他們看起來又像樹的模樣，那也像是怪異的人形樹木；當他們看起來像是人類的時候，那也像是怪異的枝葉形人類——始終有那種節奏輕快、窸窣作響、清新而又快活的聲音。

「他們幾乎醒來了，不過還沒有很清醒喲。」露西說。她知道自己可是非常清醒的，比平常人都要清醒。

她毫不畏懼地走進這些樹木之中，一邊跳舞一邊東閃西躲，以免被這些巨大的舞伴撞上。不過她對他們並沒有多少興趣。她只想走到他們後面，去找別的東西——那個親愛的聲音就是從樹後頭傳出來的。

她很快就通過他們了（一邊心裡頭有點納悶，不知道她有沒有用手臂把樹枝擋開，或是和一些彎下身來牽著她的巨大舞者牽手，圍成一個大圈圈），因為他們其實是圍著中央一片空地的一圈樹。她從他們在移動位置時可愛的光影混亂當中走出來。

她眼前所見是一片圓形草地，草地平滑得像是草坪，暗黑的樹木繞著草地在跳舞。然後——哎，多開心呀！「他」就在那裡呢，那隻巨大的獅子，在月光下閃著白光，在他腳下是巨大的黑影。

要不是他的尾巴在動，說他看起來是頭石獅子也不為過，但是露西從來也沒有想到這點。她絲毫不會猶豫他是不是頭友善的獅子。她衝向他。她覺得只要她稍微遲一點時間，她的心都會爆炸。下一件事就是她親吻著他，把兩隻手臂拚命圍著他的脖子，臉也埋在他那頭美麗又光滑的鬃毛中。

「亞斯藍，亞斯藍。親愛的亞斯藍，」露西啜泣著說，「我終於看到你了！」

這頭巨大的獸身子一歪，露西就倒下了，半坐半躺在他兩隻前爪中間。他低下頭，用他的舌頭舔了舔她的鼻子。他呼出的熱氣籠罩著她。她望著他那張大而聰明的臉。
「歡迎，孩子。」他說。
「亞斯藍，」露西說，「你變大了！」
「那是因為你也長大了，小朋友。」他回答道。
「不是因為你也長大了嗎？」
「我倒沒有。可是你長大一歲，就會發現我又大了一些。」
她快活得使她有一段時間連話也不想說。但是亞斯藍卻說了。
「露西，」他說，「我們不能在這裡待太久。妳手邊有事情要做，而今天已經浪費好多時間了。」
「是啊，不是很可惜嗎？」露西說，「我真的是看到你了沒錯，他們卻不相信，他們好——」
從亞斯藍身體裡深處傳來一種很不容易才讓人聯想到是咆哮的聲音。
「對不起，」露西說，她對他的情緒有些許了解。「我不是故意要說別人的壞話，可是這總不是我的錯吧，對嗎？」

獅子直視著她的眼睛。

「噢，亞斯藍，」露西說，「你可不會說這是我的錯吧？我怎麼能——我不能丟下其他人，自己一個人跟著你去呀，可能嗎？別用那種眼光看我……噢，好吧，我想我是**可以**。對呀，而且那樣我也不是獨自一人，我知道，如果我和你一起的話。但是那又會有什麼好處呢？」

亞斯藍沒有說話。

「你是說，」露西有些無力地說，「結果會很不錯——不管怎麼說嗎？可是怎麼會呢？拜託啦，亞斯藍！我不能知道嗎？」

「知道**會**發生什麼事嗎，孩子？」亞斯藍說，「不行。沒有人能知道的。」

「噢，天哪！」露西說。

「不過任何人都會明瞭將**會**發生什麼事，」亞斯藍說，「如果妳現在回去其他人那邊，把他們叫醒，告訴他們妳又看到我了，而且你們必須立刻起來，跟著我走——那會發生什麼事呢？妳只有一種方法找出答案。」

「你是說你就是要我做這件事嗎？」露西倒抽口氣說。
「是呀，小朋友。」亞斯藍說。
「其他人也會看到你嗎？」露西問。
「剛開始當然是看不見，」亞斯藍說，「要到後來，而且要看情形。」
「可是他們不會相信我呀！」露西說。
「那也不要緊。」亞斯藍說。
「噢，天哪，噢，天哪，」露西說，「我好高興又找到你了，我還以為你會讓我留下來，還以為你會發出怒吼地過來，把所有的敵人都嚇跑──就像上次那樣。而現在每件事都變得好可怕了。」
「這對妳來說不容易，小朋友，」亞斯藍說，「但是同樣的事情絕不會發生兩次。我們在納尼亞的情況一直都很艱難。」
露西把頭埋在他的鬃毛當中，避開他的臉。但是他的鬃毛中必定有些魔法。她可以感覺到有股獅子般的氣力注入她身體當中。非常突然地，她坐了起來。「對不起，亞斯藍，」她說，「現在我已經準備好了。」

「現在妳是頭母獅子了，」亞斯藍說，「而現在納尼亞全境都將獲得再生。但是，來吧，我們沒有時間可以浪費了。」

他站起來，用莊嚴無聲無息的步伐走向那些跳著舞的樹木那裡，她就是穿過這些樹木走過來的。露西同他一起走，一邊把一隻有些顫抖的手放在他的鬃毛上。那些樹木站開來，讓他倆走過，同時在短短的幾秒鐘裡完全變作人形。露西瞥見那些高大俊美的男女樹神紛紛向獅子行鞠躬禮，而下一秒鐘他們又變回樹木了，但是他們仍然彎著身，加上他們那優雅伸展的枝幹，使得他們的彎身動作恰似一種舞蹈。

「好啦，孩子，」他們走出樹林後，亞斯藍說道，「我在這裡等。妳去把其他人叫醒，要他們跟我走。如果他們不肯，那至少妳一個人必須跟我走。」

要叫醒四個全都比你大而且全都很累的人，好告訴他們一件他們可能不相信的事，還要他們去做一件他們絕不喜歡的事，可是件恐怖的事呢。「我絕對不要去想它，我只要去做就行了。」露西想道。

她先去彼得身邊，把他推了推。「彼得，」她小聲在他耳邊說，「起來，快！亞斯藍在這裡。他說我們必須立刻跟他走。」

「沒問題，露西。妳怎麼說都行。」彼得說，這倒是她沒有料到的事。這很讓她振奮，但是彼得馬上把身子轉過去，又睡著了，所以也沒有什麼用。

接著她試試蘇珊。她倒是醒來了，可是卻只用她那種最教人厭煩的大人口氣說：「妳在做夢啦，露西。再回去睡。」

下一個找的是愛德蒙。叫醒他很困難，不過她終於把他叫醒之後，他倒是非常清醒，並且坐了起來。

「呃？」他沒好氣地說，「妳在說些什麼啊？」

她就把話又從頭說了一遍。這是她工作最糟的部分，因為她每說一次，她的話就越沒有說服力。

「亞斯藍！」愛德蒙說著跳起來，「萬歲！在哪裡呢？」

露西走回她能看見獅子等待的地方，只見他那雙有耐心的眼睛盯著她。

「那裡呀！」她說，一邊用手指著。

「哪裡？」愛德蒙又問。

「那裡。那裡呀。你沒看到嗎？就在樹的這一邊。」

愛德蒙瞪了好一會兒，然後說：「沒有哇，那裡什麼也沒有。妳被月光弄昏頭了。人是會這樣的，妳知道喔。我自己一時間都以為看到什麼了。那只是視覺——什麼的吧。」

「我一直都看到他，」露西說，「他直直看著我們。」

「那為什麼我看不到他？」

「他說你可能沒辦法看到。」

「為什麼？」

「我不知道。他是那麼說的。」

「噢，討厭，」愛德蒙說，「我真的希望妳不要一直看到東西。不過我想我們必須把其他人叫醒了。」

11
獅子怒吼了

這吼聲開始的時候是低沉的顫音，像是風琴彈出的低音，
然後聲音上揚，也更大聲，接著是更大聲。
連大地和空氣都隨著震動了。

等到所有人全都醒來以後，露西只好再把她的故事說上第四遍。說完後那陣沉默，比什麼事都教人洩氣。

「我什麼也看不見。」彼得把眼睛盯得都痛了，之後他說：「妳能看到嗎，蘇珊？」

「不能，當然不能，」蘇珊生氣地說，「因為根本沒有東西可以看。她是在做夢啦。妳去躺一躺，睡個覺吧，露西。」

「我是真的希望，」露西用顫抖的聲音說，「你們全都跟我走。因為——因為不管有沒有人跟著我，我都必須跟著他走。」

「別胡言亂語了，露西，」蘇珊說，「妳當然不可以自己走掉。不要讓她自己走，彼得。她就是太調皮了。」

「如果她**非去**不可的話，我陪她去，」愛德蒙說，「她以前也說對過。」

「我知道，」彼得說，「而且今天早上她可能就說對了。我們走下峽谷確實是沒有什麼收穫。只是——在夜裡這個時分，而且亞斯藍為什麼不讓我們看見？他以前從來不會這樣。那不像是他的作風。『D. L. F.』怎麼說呢？」

「噢，我什麼也沒說，」矮人回答，「如果你們全都走，當然嘍，我就會跟你們一起走；如果你們分開來，我會跟『大王』走。這是我對他和賈思潘國王的職責。但是，如果你問我個人的意見，我只是個單純的矮人，我不認為你白天找不到路，晚上就可能找得到路。而會說話卻不肯說話的獅子、友善卻對我們沒什麼幫助的獅子，以及特大號卻沒有人看得到的獅子，我可不敢恭維。在我看來啊，這些全是一派胡言！」

「他用腳爪拍著地面，要我們快一點，」露西說，「我們**現在**必須走了。至少我必須。」

「妳沒有權利強迫我們其他人去做。我們這裡是四票對一票，而且妳又是最小的。」蘇珊說。

「噢，走吧，」愛德蒙怒斥著，「我們必須走了。不走永遠沒得寧日。」他一心要支持露西，但是他很惱火自己的夜晚睡眠泡了湯，所以他的補償方法就是盡可能生氣地做每件事。

「那就開步走吧！」彼得說，一邊疲累地把手臂伸進盾牌帶，戴上盔帽。要是其他時候，他就會對露西好言說上幾句，因為他最喜歡這個妹妹，而他也知道她一定感到很難過，他更知道，不管發生什麼事，也不是她的錯。只是他忍不住還是會有點氣惱她。

蘇珊才是最氣她的。「要是我開始像露西一樣，」她說，「我也可能威脅說要待在這裡，不管你們要不要繼續走下去喔。我真的想我會這樣喲。」

「遵照『大王』的命令，陛下，」川卜金說，「我們走吧。如果不許我睡覺，我倒希望快快前進，也好過站在這裡說話。」

因此，他們終於動身了。露西走在第一個，咬著嘴唇，不讓自己說出想要對蘇珊說出來的話。但是她把目光注視著亞斯藍的時候，她就忘了那些話了。亞斯藍轉過身，以緩慢的腳步走在他們前面約三十碼的地方。其他人只能靠露西指點方向，因為他們不但看不見亞斯藍，也聽不見他的聲音。他那龐大如貓般的爪子在草地上不發一點聲音。

他帶領一行人走到那些跳舞樹的右邊——沒有人知道它們是不是還在跳，因為露西眼睛盯著獅子，其餘人則盯著露西——也更靠近峽谷邊緣。「哎呀呀！」川卜金心想，「我希望這場瘋狂的胡鬧不會到頭來讓大家在月光下爬山，把脖子摔斷！」

亞斯藍走在懸崖頂上好長一段路，然後他走到山崖邊緣長著一些小樹的地方，他轉過去就消失在樹叢中。露西屏住了呼吸，因為他看起來像是跳下懸崖一樣，不過她忙著盯緊他，不讓他出了自己視線，所以也沒有停下來多想。她加快腳步，很快也走到樹叢中。往下看，她看到一條陡直的窄徑，斜著通到峽谷下方岩石之間，亞斯藍正往下走。他轉過頭，用他那快活的眼睛望著她。露西把手一拍，就開始跌跌撞撞跟著他往山下走。她聽到身後其他人的叫喊聲：「嘿！露西！拜託妳小心點。你已經正在峽谷的邊邊了。快回來——」而後，過了一會兒，是愛德蒙的聲音：「不，她沒錯。這裡是有一條下山的路。」

小路走到一半時，愛德蒙趕上她。

「妳看！」他興奮地說，「看！在我們前面爬著的黑影是什麼呀？」

「那是**他的**影子。」露西說。

「我真的相信妳沒有錯呢，露西，」愛德蒙說，「我沒法想像我以前怎麼會沒有看到它。可是他在哪裡呢？」

「當然是和他的影子在一起嘍。你看不到他嗎？」

「呃，我幾乎要以為我看到他了——那只是一下子的時間。這裡光線好怪喲。」

「快走呀，愛德蒙國王，快走。」川卜金的聲音從後面和上面傳來，接著是從更後面也仍然靠近懸崖頂傳來的彼得聲音：「噢，打起精神來，蘇珊。把妳的手伸過來。嘿，小娃兒也是可以走下來的喲。別再抱怨了！」

幾分鐘後，他們就都到了峽谷底，滔滔水聲充塞了他們耳朵。亞斯藍像隻貓一樣踩著輕巧的步子，從一個石頭跳到另一個石頭上，橫過溪流。在中間的時候他停下來，低下頭去喝水，等他抬起他那個毛茸茸還滴著水的頭時，他轉過頭再次面對他們。這一次愛德蒙看到他了。「噢，亞斯藍！」他大叫著衝上前。但是獅子倏地轉過身去，往羅須河另一邊的山坡上慢慢走去。

「彼得，彼得，」愛德蒙喊道，「你看到了嗎？」

「我看到有個東西，」彼得說，「不過在這種月光下看東西不容易清楚。我們還是往前走吧，還要為露西歡呼呢。現在我也沒有之前的一半累呢。」

亞斯藍毫不猶豫就帶領全體往左邊的峽谷往上走。這整段旅程十分怪異而且如夢似幻——那奔騰怒吼的溪流、濕濕的灰色草地、他們正走近的那些隱隱約約的山崖，以及那頭永遠靜靜踩著腳步、領頭走在前頭的威武獅子。現在除了蘇珊和矮人外，每個人都看得見他了。

不久後，他們來到另一條陡直的小路上，這條路往上沿著山壁通到更遠的懸崖。而這些懸崖要比他們才剛爬下來的懸崖高得多，這段往上的路漫長而且曲折。幸好月亮就正掛在峽谷上方，所以峽谷的兩壁都在月光下。

當亞斯藍的後半個身子消失在崖頂時，露西簡直喘不過氣來，但是她還是用了最後一點力氣跟在他後面往前走，結果卻來到——她雙腳發抖，氣喘吁吁——那座從他們離開明鏡溪之後就一直想要走到的山上。那長而和緩的山坡（山坡上有石南、有青草，還有幾個在月光下閃著白光的大石塊）一直延伸到半哩外一堆幢幢樹影之前。她知道這裡。這裡正是「石桌」的山丘。

其他人也在一陣盔甲的碰撞聲中在她之後爬上來。亞斯藍繼續輕快地走在他們前方，他們也跟著他走。

「露西。」蘇珊小聲說。

「什麼事？」露西說。

「我現在看到他了。對不起。」

「沒有關係。」

「可是我比妳想的還要差勁呢。昨天我真的相信那是他，就是他警告我們不要往下走到樹林的時候。而今天晚上妳把我們叫醒的時候，我也真的相信那就是他。我是說，我內心深處相信。當然我可以相信，假使我讓自己相信的話。但是我只想離開樹林，而——而——唉，我也不知道。我該對他說什麼呢？」

「也許妳不需要說很多。」露西說。

很快他們走到樹林，穿過樹林，孩子們就看得到那個大土堆，也就是「亞斯藍土丘」了，這土丘是從他們那個時代起就在「石桌」上方堆起來的。

「我們這一邊沒有好好守衛，」川卜金喃喃自語，「我們早就該出問題了的——」

「噓！」另外四個人說，因為現在亞斯藍停了步子，轉過身來面對他們，他的神情多麼的莊嚴呀，教他們感到又驚又怕。兩個男生大步往前，露西讓開路，蘇珊和矮人往後退。

「喔，亞斯藍，」彼得國王說著就單膝跪下，將獅子沉重的腳掌捧到面前。「我好高興，也好後悔。從我們出發以後，我就一直領他們走錯路，尤其是昨天早晨。」

「我的乖孩子。」亞斯藍說。

而後他轉身歡迎愛德蒙。「做得好！」他說了這句話。又過了好長一段沉默的時間，這個深沉的聲音說：「蘇珊。」蘇珊沒作聲，不過其他人猜她在哭。「妳傾聽了恐懼的聲音，孩子。」亞斯藍說，「過來，讓我向妳吹口氣。忘了那些恐懼。妳又勇敢了嗎？」

「有一點呢，亞斯藍。」蘇珊說。

「現在呢，」亞斯藍聲音大了一些，不怎麼像是咆哮，而他的尾巴則來回揮打著身體。「現在呢，小矮人在哪裡呀？這個不相信獅子的有名劍客和射手在哪裡呢？過來吧，大地之子，**過來！**」最後一句話可像是咆哮了。

「哎呀呀！」川卜金都幾乎說不出話來了。孩子們對亞斯藍很了解，自然看得出他很喜歡矮人，所以他們不以為意，但川卜金可就不一樣了，他從來也沒看過一頭獅子，更不用說看過這頭獅子了。於是他就做了他唯一能做的一件有腦筋的事，就是他不逃走，而是踉蹌地走向亞斯藍。

亞斯藍撲了過去。你有沒有看過小貓被母貓叼在嘴裡的樣子？這時候就是這種情景。矮人把身體弓成一個可憐兮兮的球狀，掛在亞斯藍嘴上。獅子叼著他晃了晃，他全身的甲冑武器就乒乓作響，像補鍋匠的包袱一樣，然後——嘿！變！——矮人就飛上半空中。其實他和躺在床上一樣的安全，只是他自己並不覺得。落下來的時候，那些柔軟的爪子像母親的手臂一般輕柔地接住他，並且把他放到地上。（而且還沒頭下腳上地放喔！）

「大地之子，我們做朋友好嗎？」亞斯藍問。

「好——好——好的。」矮人說著，氣都還喘不過來呢。

「好，」亞斯藍說，「月亮下山了。你們看看身後，天要破曉了。我們沒有時間可以浪費。你們三個，亞當的兒子和大地之子，你們趕快去『土丘』，去面對你們會在那裡遇上的任何東西。」

矮人仍然說不出話來，兩個男孩也不敢問亞斯藍會不會跟著他們。三人抽出劍，行了禮，然後轉身在喀啦喀啦的聲音中走進晨光中。露西注意到他們臉上都沒有倦容，「大王」和愛德蒙國王看起來都不像男孩子，而像大人。

兩個女生站在亞斯藍旁邊，看著他們走出視線。天色變了。東邊的低空，納尼亞的晨星——艾拉維星——像個小月亮一樣地閃亮著。亞斯藍身形這時候似乎要比從前更巨大了，他抬起頭，甩甩頭上的鬃毛，發出吼聲。

這吼聲開始的時候是低沉的顫音，像是風琴彈出的低音，然後聲音上揚，也更大聲，接著是更大聲。連大地和空氣都隨著震動了。吼聲從這座山傳出，飄過納尼亞全境。在山下米拉茲的營地中，士兵醒了，面容慘白地你看著我，我看著你，一把抓起他們的武器。在營地下方的「大河」裡，這時刻正是最冷的時候，只見水面上浮出水精靈的頭和肩，以及河神那長著蓬亂鬍子的腦袋。這條河再過去，在每一片田野和森林裡，兔子警覺的耳朵都從牠們的洞裡伸出來，鳥兒睡意正濃的腦袋也從牠們的翅膀下伸出來，貓頭鷹嗚嗚叫、狐狸號、刺蝟嚎叫、樹木抖動。小鎮和鄉村，做母親的把小娃娃緊抱在胸口，慌亂地瞪視著；狗兒嗚咽，男人則跳起來找燈。遙遠的北方邊界上，山林巨人從城堡的門口仔細往外瞧。

露西和蘇珊看到的，是一堆黑色的東西從四周的山上四面八方地湧至。起初它看起來像是一片黑霧，在地上爬行，然後又像是一波波洶湧的黑色海浪，越捲越高，然後它又回復了原來的面目——原來是大片移動的樹林。好像世界上所有的樹都朝亞斯藍衝過來一樣。可是越靠近它們卻又不太像是樹木了，等到這批朝亞斯藍又鞠躬又行禮又揮動長長手臂的群眾全都到了露西四周時，她才看清楚這些是具有人形的群眾。蒼白的樺樹女郎甩著頭、柳樹女郎將沉思的面孔上的頭髮撥開，凝視著亞斯藍、女王般氣派的山毛櫸一動不動地仰慕著他，而毛髮蓬鬆的橡樹男、清臞而憂鬱的榆樹、頭髮蓬亂的冬青（他們自己顏色暗黑，可是他們的老婆卻都結著鮮豔的槳果呢）和快活的山梨樹，全都鞠躬後又抬起身子，用各自粗嗄或尖銳或激動的聲音喊著：

「亞斯藍，亞斯藍！」

人群和圍著亞斯藍跳舞的人（他們又跳起舞來了）都越來越多，速度又快，使得露西很困惑。她始終看不出其他一些人從哪裡來，這些人很快就在樹木之間雀躍歡舞。其中一個是個年輕人，只穿著一件鹿皮，鬈鬈的頭髮上戴著用蔓藤編成的花環。他的臉要不是看起來太狂野的話，就一個男孩子來說，還真是太漂亮了。你會和幾天後看到他的愛德蒙有同樣的想法：「這傢伙很可能做出任何事，絕對是任何事都做得出的。」他似乎有很多名字，布洛米歐、巴薩魯、「白羊」……等。他旁邊跟著好多女孩子，全都是和他一樣狂放不羈的人。這些人當中甚至還有個人騎著驢子，這真是出人意料之外。每個人都在笑，每個人都在高喊：「喲啊，喲啊，喲伊——喲伊——喲伊！」

「我們在玩遊戲嗎，亞斯藍？」年輕人大叫。顯然是的。只不過每個人對於他們在玩的是什麼遊戲都有不同意見。你可以說是玩「抓人」遊戲，但是露西卻找不出誰當「鬼」；它也像是「蒙眼捉迷藏」，可是每個人看起來都像是蒙眼的「鬼」。這遊戲也很像「找拖鞋」遊戲，只是拖鞋永遠也沒找到。把事情變得更複雜的是騎著驢子的那個人，他很老，又胖得不得了，他開始高喊：「吃點心啦！點心時間到啦！」然後就從驢子身上摔下，再被其他人急急忙忙推回驢子身上，而這頭驢子卻以為這些全是場馬戲，於是想要表演用兩條後腿站起來走路。而這段時間裡，到處都是越來越多的蔓藤葉。很快地，變多的也不只是葉，也有藤。只見它們爬到每樣東西上面。爬上樹人的腿，繞著他們的脖子。露西舉起兩手要把頭髮撥到後面，卻發現她撥的是蔓藤的枝子。驢子已經變成一大團蔓藤裹著的東西了，牠的尾巴也完全被蔓藤糾纏著，牠的兩隻耳朵中間還有個黑乎乎的東西在上下晃動，露西再看一眼，看到那是一串葡萄。這以後出現的就大多數是葡萄了——頭上、腳下，到處都是。

「吃點心嘍！吃點心嘍！」老人高聲吼叫。於是每個人都吃了起來，而不管你們有什麼樣的溫室，你們也絕對從來沒有吃過這種葡萄。這些是真正的優等葡萄，外皮堅實緊繃，放進口中立刻迸裂，溢出清涼的香甜汁液，這些是女孩子怎麼也不嫌多的東西。這裡的葡萄比任何人以為的都多得多，而且完全不用顧到飲食禮節。你可以看到到處都有又髒又黏的手指頭，而雖然每個嘴巴都滿是食物，那些笑聲和唱山歌的「喲啊，喲啊，喲伊——喲伊——喲伊」叫聲卻一直沒停過，一直到突然每個人同時都覺得這場遊戲（不管它是什麼）和這場宴飲應該要結束了，於是每個人都撲通一聲氣喘吁吁地倒在地上，把臉轉向亞斯藍，聽他要說些什麼。

就在這時刻，太陽剛剛昇起，露西想起什麼事，便小聲對蘇珊說：

「哎呀，蘇珊，我知道他們是誰了。」

「是誰啊？」

「臉上表情狂放的男孩是酒神巴克斯，騎驢子的老人是森林之神西雷諾斯。妳不記得很久以前吐納思先生告訴過我們他們的事了嗎？」

「是呀，當然記得。可是，哎呀，露西──」

「什麼事？」

「如果旁邊沒有亞斯藍，我們和巴克斯還有他那些狂放的女孩在一起，會讓我覺得不安全呢。」

「我想也是。」露西說。

12
魔法與復仇

他就這樣從故事中漸漸消失了。你要怎麼解釋這件事呢？
如果說他根本沒有復活，
而傳說之所以沒有再提到他是因為根本沒有什麼可說，
這不是比較可能嗎？

這個時候，川卜金和兩個男生已經來到通往土丘內部暗黑的小石拱門前，兩名守衛的（愛德蒙只看到他們臉頰上的白色斑塊）立刻齜牙咧嘴地跳起來，怒聲問道：「是什麼人？」

「在下川卜金，」矮人說，「將納尼亞國王從遠古時代帶來。」

兩隻聞了聞男生們的手。「終於來了，」他們說，「終於來了。」

「給我們點火照亮吧，朋友們。」川卜金說。

兩隻在拱門內找到一根火把，彼得把火把點燃，交給川卜金。「最好還是由『D. L. F.』領路吧，」他說，「我們不認得這裡的路。」

川卜金接過火把，領頭走進暗黑的通道。這裡又冷又黑，還有股霉味，偶爾還有隻蝙蝠飛進火把的光亮中，蜘蛛網也不少。兩個男生自從那天早上在火車站之後，大多數時間都在戶外，這時候他們只覺得像走進陷阱或是監牢裡。

「嘿，彼得，」愛德蒙低聲說，「你看牆上那些雕刻！看起來不是很古老嗎？可是我們還比它們老呢。我們上次在這裡的時候，他們還沒有雕刻呢。」

「是啊，」彼得說，「這真發人深思呢。」

矮人走在前頭，先往右轉，再往左轉，再走下幾級階梯，然後再往左走。最後他們看到前面有光線——從一扇門下透出來。這回他們頭一次聽到了人聲，因為他們已經來到中央室的門口。門裡面的聲音聽來十分憤怒，有一個人正大聲說話，因而沒有聽到男生和矮人走近。

「這聲音聽起來不妙呢，」川卜金低聲對彼得說，「我們來聽一會兒。」三人就筆直地站在門外。

「你明明就知道，」一個聲音在說（「這是國王呢！」川卜金低聲說）。「號角為什麼今天早晨日出時候沒有吹。你忘了米拉茲幾乎是在川卜金離開以前就攻打我們了，而我們在三個多小時的時間裡非得為活命而戰嗎？一有喘氣的機會我就吹號角了呀！」

「我不太可能會忘記——」那個憤怒的聲音說著，「我的矮人手下首當其衝，五個人裡面就倒了一個。」（「這是尼卡不里。」川卜金小聲說。）

「哎喲，真丟臉，矮人，（「是松露高手。」川卜金說。）我們全都做得不比矮人少，可是誰也沒有國王做得多。」

「隨便你愛怎麼說，」尼卡不里回答，「反正不管是號角吹得太晚了，或是號角根本沒有魔法，總之救援根本沒有來。你呀，你這個偉大的總管、魔法大師、萬事通先生，你仍然要我們把希望全都放在亞斯藍和彼得國王和其他人身上嗎？」

「我必須承認——我對於這件事的結果感到非常的失望。」（「這是柯內留斯博士。」川卜金說。）

「明白地說，」尼卡不里說，「你們的錢包空空、你們的雞蛋都腐壞了，你們的魚根本捉不到，你們的保證也成空。閃到一邊去，讓別人來做。這也是為什麼——」

「救援會到的，」松露高手說，「我支持亞斯藍。要有耐心，像我們這些獸類一樣。救援會到的，說不定現在就已經到門口了。」

「呸！」尼卡不里狠狠說道，「你們這些人會要我們等到天都塌下來，告訴你，我們不能再等下去了！食物越來越少，每一次戰鬥，我們的損失都是無法承受的嚴重。追隨我們的人都跑掉了。」

「那是為什麼呢？」松露高手問。「我告訴你為什麼。因為他們當中有人在傳，說我們召喚了古代國王們，但古代國王們卻沒有回覆。川卜金走以前（他很可能是走向死亡了，）說的最後一句話是：『如果你們必須吹起號角，千萬不要讓軍隊知道你們為什麼吹，或是希望吹號角能帶來什麼。』可是就在當天晚上，似乎每個人都知道了。」

「你還不如把你的灰鼻子塞進蜂窩裡吧，呀，也少暗示說我是大嘴巴！」尼卡不里說，「你把話收回，不然——」

「喔，住嘴，你們兩個！」賈思潘國王說，「我想要知道尼卡不里一直在暗示我們該做的事是什麼。但是我想要先知道他帶進我們會議中，現在站在那裡張耳閉嘴的兩個陌生人是什麼人？」

「他們是我的朋友，」尼卡不里說，「而要不是你是川卜金和獾的朋友，你有什麼權利在這裡？為什麼只有我不能帶朋友來？」

「他可是你曾經宣誓要效忠的國王陛下喔。」松露高手嚴峻地說。

「注意朝廷禮貌，注意朝廷禮貌！」尼卡不里不屑地說，「不過在這個洞裡頭，我們倒不妨有話直說。你知道——他也知道——除非我們能幫這個坦摩男孩在一個星期裡救他出陷阱，否則他做不成任何地方或是任何人的國王！」

「那麼，」柯內留斯說，「也許你的新朋友們有話要說了？嘿，你們是什麼人？要做什麼？」

「博士閣下，」一個微弱而哀戚的聲音傳出，「您好呀，我只是個可憐的老太婆，是啊，也很感謝矮人閣下對我的友誼，真的。國王陛下——天保佑他那俊美的臉蛋——是不用害怕一個因為害風濕而腰都直不起來、連燒水的柴火都沒有的老太婆。我有一點點微不足道的技術——當然啦，和博士大人您不同——是在魔法和咒語上面，如果當事人同意的話，我很樂意用來對付我們的敵人。因為我痛恨他們。是的，沒錯。沒有人比我更痛恨他們了。」

「這真是非常有趣，也——呃——很教人高興呢，」柯內留斯博士說，「我想我現在知道妳是什麼人了，女士。尼卡不里，你的另一位朋友願不願意向我們介紹一下自己呢？」

一個教彼得不寒而慄的陰沉而有氣無力的聲音回答：「我又餓又渴。我咬住別人就死也不放，就算我死了，他們也必須把我嘴裡的敵人身體部分割下來，把它和我一起埋了。我可以一百年不吃東西也死不了；我可以躺在冰上一百個晚上也凍不死；我可以喝下一條河那麼多的鮮血而不會撐爆。讓我看看你的敵人。」

「那你希望當著這兩位說出你的計畫嗎？」賈思潘說。

「是的，」尼卡不里說，「而且我希望借助他們去實現。」

之後有一、兩分鐘的時間，川卜金和兩個男生聽到賈思潘和兩個朋友低聲說著話，不過他們聽不清楚他們說的是什麼。而後賈思潘大聲說：

「好，尼卡不里，」他說，「我們就來聽聽你的計畫吧。」

這以後是好長一陣子的停頓，男生們都要開始懷疑尼卡不里是不是不會再說了。但是他終於開口，而且是用低低的聲音說，好像他自己也不太喜歡自己要說的話。

「不管怎麼說，」他喃喃說道，「我們沒有一個人知道古代納尼亞的真實情形。川卜金對那些故事是一個也不信的。所以我原本準備去試試那些傳說。我們先試了那個魔法號角，結果失敗了。如果從前真的有過彼得大帝和蘇珊女王、愛德蒙國王和露西女王，那麼要不是他們沒有聽見號角聲，就是他們來不了，或者他們是我們的敵人——」

「或者他們正在路上。」松露高手插了一句。

「你盡可以一直說下去，說到米拉茲把我們都抓去餵他的狗吃！我剛剛在說，我們把古老傳說的一個環節拿來試，結果對我們一點幫助也沒有。那好。人家說，當你的劍斷了，你就抽出你的匕首。古老傳說裡除了那些古代的國王和女王以外，還有提到其他的法力呀。我們把**它們**召喚來怎麼樣？」

「如果你說的是亞斯藍，」松露高手說，「你召喚他和召喚國王他們是一樣的。他們都是他的僕人。如果他不肯派他們來（不過我毫不懷疑他一定會派他們來），那他還可能自己過來嗎？」

「不會。這一點你說得沒錯，」尼卡不里說，「亞斯藍和那些國王是一起的。所以要不是亞斯藍已經死了，就是他根本不是我們這一邊的。再不然就是比他更強的什麼東西不讓他過來。而且就算他真的來了——我們又怎麼知道他是不是我們的朋友呢？從傳說來看，他可不是一直都是矮人的好朋友喲！甚至對所有的獸類也不是呢。不信你去問野狼他們。況且我聽說他只到納尼亞一次，而且也沒有待很久。你可以不用再想到他了。我想到的是另一個人。」

沒有人回答，有幾分鐘的時間，裡面一片寂靜，愛德蒙都能聽到那氣喘又帶著鼻音的呼吸聲。

「你說的是誰？」最後是賈思潘開了口。

「我說的是一個法力比亞斯藍強得多，而給納尼亞下了好多好多年咒語的人，如果傳說沒有錯的話。」

「是白女巫！」立刻有三個聲音同時喊出，而彼得從裡頭的聲音聽來，猜想三個人都跳了起來。

「沒錯。」尼卡不里一字一字清清楚楚地說，「我說的是女巫。請坐下吧！不要被一個名字嚇壞了，像小孩子一樣。我們要法力，傳說的故事裡不是說女巫打敗了亞斯藍、把他捆起來，還殺死在那塊石頭上嗎？那石頭就在那裡，在燈火再過去的地方啊！」

「可是他們也說他後來復活了呀。」獾語氣犀利地說。

「是呀，他們『說』，」尼卡不里說，「可是你也會注意到，我們之後就很少聽說他的事了。他就這樣從故事中漸漸消失了。你要怎麼解釋這件事呢？如果說他根本沒有復活，而傳說之所以沒有再提到他是因為根本沒有什麼可說，這不是比較可能嗎？」

「可是他立了那些國王和女王啊。」賈思潘說。

「一個打贏一場大戰的國王，通常自己就能立了，根本用不著一頭獅子幫忙他。」尼卡不里說。裡頭傳出一陣凶猛的咆哮聲，可能是松露高手發出的。

「何況，」尼卡不里繼續說，「那些國王的統治後來怎樣了？他們也消失不見了。可是女巫就完全不同了。他們說她統治了一百年，一百年的冬天。那才叫做法力。那才是實際的東西哩！」

「哎呀！」國王說，「我們不是一直聽說她是最可怕的敵人嗎？她不是比米拉茲還殘暴十倍的暴君嗎？」

「也許是吧，」尼卡不里冷冷地說，「也許是對你們人類吧，如果那時候有人類的話。也許是對一些野獸。她鎮壓了海狸後，我敢說，至少現在在納尼亞已經沒有半隻海狸了。可是她跟我們矮人卻處得不錯。我是矮人，我站在我們族人旁邊。我們**可不怕**女巫！」

「可是你已經加入我們這邊啦。」松露高手說。

「是啊，還給我們族人帶來多大的好處喲，」尼卡不里反唇相譏，「所有危險的突擊行動都派誰去啊？矮人。口糧不夠的時候，誰的口糧減少了？矮人。誰——」

「謊話！全是謊話！」獾說。

「所以，」尼卡不里說，他的聲音已經提升到跟尖叫無異。「如果你們不能幫助我的同胞，我就要找個能幫助我們的人！」

「你這是公然叛變了嗎，矮人？」國王問。

「把劍放回劍鞘，賈思潘。」尼卡不里說，「想在開會的時候殺人嗎，呃？這就是你的把戲嗎？放聰明點，別去試。你以為我怕你嗎？我這裡有三個人，你那裡也有三個人。」

「那就來呀！」松露高手怒斥，不過他立刻就被打斷了。

「停，停，停！」柯內留斯博士說，「且慢，那個女巫已經死了，所有的傳說故事都這麼說。尼卡不里說召喚女巫來，那是什麼意思？」

只開口說過一次話的那個陰沉可怕的聲音說了：「噢？她**真的**死了嗎？」

之後那個尖銳而哀戚的聲音開始說：「噢，保佑他吧，這位親愛的小小陛下不用擔心『白女士』——**我們**是這麼稱呼她的——死了沒有。可敬的博士大人說這話的時候，只是開像我這麼個可憐老太婆的玩笑吧。可愛的博士大人呀，有誰聽說過女巫會真的死掉啊？你永遠都可以把她們召回來的！」

「召喚她吧，」陰沉的聲音說，「我們都準備好了。畫個圈圈，準備藍色火焰。」

在越來越高聲的咆哮和柯內留斯尖銳的「什麼？」的聲音之上，賈思潘國王的聲音有如雷鳴般揚起。

「原來這就是你的計畫，尼卡不里！使巫術、召喚一個被詛咒的鬼魂！我知道你的同伴是什麼了——一個老巫婆和一個狼人！」

下一刻，情況十分混亂。屋裡有一頭動物的吼聲，還有金鐵交擊聲，兩個男生和川卜金急忙衝進去。彼得看到一頭嚇人的陰險而枯瘦的動物，半人半狼，他正撲向一個大約同他一般年紀的男孩；愛德蒙看到一隻獾和一個矮人在地上滾作一團，像兩隻貓一樣扭打著。川卜金發現自己面對那個老巫婆。她的鼻子和下巴往外突出，像是一把核桃鉗，她那頭骯髒的灰頭髮披散在臉旁，雙手正掐著柯內留斯博士的喉嚨。川卜金的劍一揮，她的腦袋就滾到地上了。接著燭火被打翻，之後就全是刀劍、啃齧、抓撲、拳擊和靴子的聲音，持續了大約六十秒，然後是一片寂靜。

「你沒事吧，愛德蒙？」

「我——我想是吧，」愛德蒙喘著氣回答。「我刺中尼卡不里那個畜生，不過他還活著。」

「哎呀呀！」一個憤怒的聲音大叫，「你坐在**我**身上了！起來啦！你像頭大象一樣重！」

「對不起啦，『D. L. F.』。」愛德蒙說，「這樣好些了吧？」

「哇！不好！」川卜金大喊，「你把鞋子踩進我嘴裡了啦！快走開！」

「賈思潘國王在這裡嗎？」彼得問。

「我在這裡，」一個挺弱的聲音說，「我被什麼東西咬了。」

他們聽到有人劃火柴的聲音，那是愛德蒙。小小的火焰照亮他的臉孔。那張臉看起來慘白又骯髒。他在四周跌跌撞撞走了一會兒，找到了蠟燭（他們不用油燈，因為油已經燒完），把蠟燭固定在桌上，再點燃。燭火清楚地照亮後，幾個人慌忙站了起來。燭光下，六張臉你看著我，我看著你。

「這裡似乎沒有敵人了，」彼得說，「老巫婆在那裡，死了。（他很快把眼光從她身上移開。）尼卡不里也死了，我猜這個東西就是狼人了。我好久沒有看過狼人了，狼頭人身，這表示他被殺死的時候正要從人變成狼。而你呢，我想，就是賈思潘國王嘍？」

「是的，」另一個男孩說，「可是我不知道你是誰。」

「他是『大王』，彼得國王。」川卜金說。

「歡迎陛下。」賈思潘說。

「也歡迎陛下你，」彼得說，「我不是來搶你的王位的，你知道，我是要幫你登上王位。」

「陛下。」彼得手肘旁另一個聲音說了。他轉過身，正好和獾面對面。彼得靠向前，雙手抱住這頭獸，親吻他毛茸茸的腦袋。他做這件事並不算娘娘腔，因為他是「大王」。

「你是最棒的了！」他說，「你自始至終都沒有懷疑過我們。」

「陛下，您不用稱讚我，」松露高手說，「我是頭野獸，我們野獸是不會變的。況且我是獾，我們是會堅持到底的。」

「我為尼卡不里難過，」賈思潘說，「雖然他從看到我第一眼起就討厭我。他因為長久的受苦和仇恨，脾氣都變得乖戾了。如果我們很快就打贏了，他很可能在太平日子裡成為一個好矮人。我不知道他是被我們當中的哪一個殺死的，不過我很高興我不知道。」

「你在流血呢！」彼得說。

「是啊，我被咬了，」賈思潘說，「是那個——那個狼人。」他們為傷口清潔、包紮，費了好久時間，終於弄好後，川卜金說：「好啦，不管其他事情，我們要先吃點早餐。」

「可是別在這裡吃。」彼得說。

「對。」賈思潘打個冷顫說，「而且我們必須派個人把屍體搬走。」

「把這些壞東西丟進大坑裡，」彼得說，「但是矮人的屍體我們要還給他的族人，讓他們用他們的儀式把他埋了。」

他們終於在「亞斯藍土丘」的另一個暗黑的房間裡吃早餐。這不是他們想要的早餐，因為賈思潘和柯內留斯想著的是鹿肉餡餅，而彼得和愛德蒙希望能吃到奶油雞蛋和熱咖啡，結果每個人吃的卻是一點冷熊肉（從男孩子們的口袋裡拿出來的）、一塊硬乳酪、一個洋蔥和一杯水。不過從他們埋頭大吃的樣子看來，誰都會以為這是一頓美味的大餐呢。

13

彼得大王坐鎮指揮

我們不知道他什麼時候會行動。

毫無疑問，不是我們的時間。

在這時候他會希望我們靠自己的力量做事。

「好啦，」大夥兒吃完後，彼得說：「亞斯藍和女王（是蘇珊女王和露西女王）就在這附近。我們不知道他什麼時候會行動。毫無疑問，不是我們的時間。在這時候他會希望我們靠自己的力量做事。賈思潘，你說我們不夠強大，不能在戰鬥中迎戰米拉茲。」

「恐怕是的，大王。」賈思潘說。他很喜歡彼得，只是害羞得開不了口。他遇見古老傳說裡出來的偉大國王們，感覺要比他們遇見他要奇怪許多。

「那好，」彼得說，「我要對他下戰帖，兩人進行一場比武。」之前沒有人想到這一點。

「拜託，」賈思潘說，「我不可以去嗎？我想為父親報仇。」

「你受傷了，」彼得說，「況且，如果你向他挑戰，他恐怕只會嘲笑你吧！我是說，我們知道你是國王，也是戰士，可是他還以為你是個孩子。」

「可是，大人哪，」說道，他緊挨著彼得坐著，眼光從來也沒離開他。「那他肯接受您的挑戰嗎？他明明知道他的軍隊比較強大呀。」

「他很可能不會接受，」彼得說，「不過永遠都會有機會。而且就算他不接受，我們也可以把一天中最好的時間用來派出傳令官來回奔走等等。到那時候，賈思潘也許已經做了什麼事了。最起碼我可以視察軍隊，加強我們的陣勢。我會送出挑戰書。事實上我現在立刻就寫。博士大人，你有筆墨嗎？」

「這些東西是學者永遠不離身的，陛下。」柯內留斯博士回答。

「很好，那我口述了。」彼得說。博士攤開一張羊皮紙，打開牛角製的墨水壺，把筆削尖，這時候彼得半閉起眼睛，身體往後靠，回想許久以前在納尼亞的黃金時代中寫這類文書時的用語。

「好。」終於他說。「現在你準備好了嗎，博士？」

柯內留斯博士把筆蘸了墨水，等待著。於是彼得口述如下：

「彼得——奉亞斯藍賜命，經推選與指定，歷經征戰而成納尼亞的萬王之王；寂島皇帝及凱爾帕拉瓦領主；雄獅勛章騎士——致米拉茲——賈思潘八世之子；曾任納尼亞攝政王，現時自稱納尼亞國王——謹致問候之意。你記下了嗎？」

「『納尼亞國王，破折號，謹致問候之意』。」博士喃喃唸著，「記下了，大人。」

「另一段開始，」彼得說，「爲免流血殺戮，並爲避免此際正在納尼亞境內的戰爭可能導致之其他種種不便，吾人願讓皇室人員代表我們忠貞而且受萬民擁戴的賈思潘，以閣下性命爲賭注，進行一場比武戰鬥，以證明前述之賈思潘確爲納尼亞之合法國王——既由於我們所給予之權利，和合乎坦摩法律——同時證明閣下兩度犯下叛逆罪，一爲不讓前述之賈思潘取得納尼亞之統治權；一爲最可恨——字別寫錯了，博士——也最血腥、殘忍的謀殺罪，謀害閣下仁慈的君王及兄長——賈思潘國王九世。吾人萬分懇切地向閣下挑戰，希望閣下參加前述之單人戰鬥。送達此信者爲吾人深愛的皇室兄弟愛德蒙，曾任納尼亞國王，亦爲燈野公爵暨西方邊境伯爵、石桌至尊騎士。吾人託付他全權與閣下商議決定比武的一切條件。納尼亞賈思潘十世第一年，『綠屋頂』月十二日，於亞斯藍土丘住處。」

「這應該可以了，」彼得深吸了一口氣說，「現在我們必須再派兩個人陪愛德蒙國王前去。我想其中一個可以找巨人。」

「他——他不是很聰明喔，你知道。」賈思潘說。

「他當然不怎麼聰明，」彼得說，「不過任何一個巨人，只要他閉上嘴，看起來都是威風凜凜的。而且這樣也會讓他開心呀。可是另一個要找誰呢？」

「我保證，」川卜金說，「如果你們要找個光靠長相就能把人嚇死的，老脾氣是最佳人選。」

「就我聽到的來看，那是毫無問題的，」彼得笑著說，「要是他不是那麼小就好了。除非他靠近，別人甚至連看都看不到他呢！」

「那派峽谷風暴去，大人，」松露高手說，「從來沒有一個人敢嘲笑一頭人馬的。」

一小時後，米拉茲軍隊中的兩位王公大人——葛洛塞大人和蘇普皮大人——正沿著他們的防禦線散步，剔著剛吃完早餐的牙，這時他們往上看，只見從樹林裡走出人馬和巨人溫伯威風，朝他們走來，這兩者他們都在戰爭中看過，而兩者之間有個身影他們卻認不出來。的確，愛德蒙學校裡的同學就算在這個時候看到他，也都會認不出來，因為亞斯藍和他見面時把氣吐到他身上，於是他全身上下都籠罩著一種了不起的氣息。

「該怎麼辦？」葛洛塞大人說，「攻擊嗎？」

「倒不如交涉，」蘇普皮說，「你看，他們帶著綠樹枝，很可能是來投降的。」

「走在人馬和巨人中間的那個人，他臉上可沒有投降的神色呢，」葛洛塞說，「他會是誰？他不是賈思潘那個孩子。」

「的確不是，」蘇普皮說，「這是個凶猛的武士，我向你保證，不管那些叛徒從哪裡找來的。他（我偷偷告訴閣下）比米拉茲還更有國王氣派。他穿的是何等好的盔甲呀！我們沒有一個鐵匠能夠做得出像那樣的東西。」

「我敢用我的『斑點波力』打賭，他一定是帶來挑戰書，不是來投降的。」葛洛塞說。

「怎麼會？」蘇普皮說，「這裡的敵軍全在我們掌握中。米拉茲不會輕率地把他的優勢在一場打鬥上丟掉。」

「但是他可以在別人勸說下前去。」葛洛塞用低許多的聲音說。

「你悄悄過來一點，不要讓那些守衛聽到。好啦。我有沒有聽錯閣下的意思？」

「如果國王接受挑戰，」葛洛塞低聲說，「嘿，不是他殺死對方，就是他被對方殺死。」

「然後呢？」蘇普皮說著點點頭。

「如果他殺死對方，我們就會贏了這場戰爭。」

「那是當然。而如果沒有殺死對方呢？」

「那我們不靠他還是打得贏這場仗。用不著我告訴閣下，米拉茲可不是了不起的首領。從此以後，我們又是勝利的一方，又沒有了上頭的國王了。」

「那麼你的意思是，大人，你我有沒有國王都可以很輕易地掌握這塊土地嗎？」

葛洛塞的臉色變得很難看。「可別忘了，」他說，「是我們最先把他送上王座的。可是在他享受王位的這些年裡，我們享受到什麼好處嗎？他對我們表達了什麼感激之情呢？」

「不用再說了，」蘇普皮回答說，「看——有人要來領我們去國王帳篷了。」

他們到了米拉茲的帳篷，看到愛德蒙和他的兩位同伴坐在帳篷外，已接受招待吃著蛋糕、喝著酒。他們已經把挑戰書送進去，而後退出來，等國王考慮。

這麼近地看到來人，這兩位坦摩大人覺得三個人都非常威嚴。

他們到帳篷裡，看到米拉茲沒有武裝，正要吃完他的早餐。他的臉漲得通紅，眉頭深鎖。

「你們看！」他怒斥道，同時把羊皮丟到桌上給他們看。「你們看看我那個潑猴一樣的姪子給我們送來什麼不可思議的東西！」

「容我冒昧地說，大人，」葛洛塞說，「如果我們剛剛在外面看到的年輕武士是信中提到的愛德蒙國王，那麼我不會說這是不可思議的事，他可是個十分危險的武士哩。」

「愛德蒙國王，呸！」米拉茲說，「閣下相信那些彼得、愛德蒙和其他人的鄉野傳說嗎？」

「我相信我的眼睛，陛下。」葛洛塞說。

「哎呀，這樣說下去沒什麼好處，」米拉茲說，「不過要說到挑戰，我猜我們全都是同一個意思吧？」

「我猜是的，大人。」葛洛塞說。

「那是什麼呢？」國王問。

葛洛塞說：「雖然我從沒有被人罵過是膽小鬼，但是憑良心說，要跟那個年輕人交手打鬥，我這顆心實在承受不起。而如果（這也是很可能的事）他的兄長——那位大王——要比他還危險——哎，國王大人，千萬千萬不要和他有任何關係呀！」

「該死！」米拉茲大叫，「我要的不是這種諮詢。你以為我是在問你應不應該害怕見這個彼得（如果真有這個人的話）嗎？你以為我怕他呀？我要的是你的看法，看看你對這件事的策略有什麼想法，還有，占有優勢的我們，應不應該為一場打鬥的賭注而受到波及？」

「這一點我只能回答，陛下，」葛洛塞說，「為了各種理由，這場挑戰都應該拒絕。那位陌生武士的臉上有死亡的神情。」

「你又來了！」米拉茲說，這回他大怒了。「你是要讓我看起來像閣下你一樣是個大懦夫嗎？」

「陛下您愛怎麼說就怎麼說。」葛洛塞不快地說。

「你說起話像個老太婆耶，葛洛塞，」國王說，「那麼，蘇普皮大人，你怎麼說？」

「不要碰它，大人，」是蘇普皮的答覆。「那麼陛下所提到的策略就會快快樂樂地出現。這給陛下您絕佳理由去拒絕挑戰，而又不致被人質疑陛下您的榮譽心或是勇氣。」

「老天爺！」米拉茲跳起來大叫，「你今天也著了魔嗎？你認為我在找理由拒絕嗎？那你還不如當面罵我膽小鬼算了。」

這番會談正如兩位大人的願，所以他們什麼話也不說。

「我明白了。」米拉茲盯著他們看，彷彿眼珠子都要跑出來似的，之後他說：「你們自己膽小得和兔子一樣，還敢無恥地用你們的想法揣摩我的心思！拒絕的理由，真是的！為不打鬥找藉口！你們還是軍人嗎？你們是坦摩人嗎？你們是男人嗎？要是我真拒絕挑戰（所有統御和戰略的『好』理由都勸我如此），不但你們會認為我害怕了，也會教別人認為我害怕了，不是嗎？」

「像陛下您一般年齡的人，」葛洛塞說，「任何聰明的戰士都不會因為他們拒絕和一個年少氣盛的偉大武士比武就罵他們是膽小鬼的。」

「所以我是個一隻腳進了棺材的老糊塗，再加上膽小鬼嘍？」米拉茲怒吼道，「我告訴你們要怎麼辦，兩位大人。提出你們那種娘兒們的意見（根本不針對真正的重點提出看法，這是什麼策略呀），效果適得其反。我本來是要拒絕的，可是我現在要接受了。你們聽到了嗎？接受了！我才不要因為什麼巫術或是叛逆想法把你們的血液凍住了而受到羞辱！」

「我們懇求陛下您——」葛洛塞說，但是米拉茲已經衝出帳篷，他們還聽到他對愛德蒙吼叫，說願意接受挑戰。

兩位大人互看了一眼，偷偷笑著。

「我就知道只要適度地激一下，他就會去做了，」葛洛塞說，「不過我不會忘記他罵我膽小鬼的。我會要他付出代價。」

消息傳回「亞斯藍土丘」，告知各種動物以後，引起一陣騷動。愛德蒙已經和米拉茲的一位隊長畫出比武的範圍，沿著周圍也立起木樁，拉起繩索。兩個坦摩人分別站在四個角落中的兩個之中，另一個坦摩人要站在一邊的中間，作為比武場的比武官。另外兩個角落裡的比武官和另一邊的比武官，就要「大王」那邊提供。彼得正向賈思潘解釋他不能當比武官，因為雙方比武的目的就是他的王位權利，這時候突然有一個濃濁而昏昏沉沉的聲音說：「陛下。」彼得轉過身，只見那三隻胖胖熊的老大站在那裡。「您好，陛下，」他說，「我是隻熊，我是的。」

「的確，你是隻熊，也是隻好熊呢，我倒不懷疑。」彼得說。

「是的，」熊說，「不過，熊一向有提供一位比武官的權利。」

「不要讓他當比武官，」川卜金小聲對彼得說，「他是個好動物，可是他會丟我們的臉。他會睡著，而且他會吮他的手掌。還當著敵人的面。」

「可是我沒有辦法呀，」彼得說，「因為他說得很對。熊是有這個特權的。我真沒法想像為什麼這件事過了這麼多年都還有人記得，而其他很多事卻都被人忘記了。」

「拜託您啦，陛下。」胖胖熊說。

「這是你的權利，」彼得說，「你就擔任比武官吧。可是你『千萬』記住，不要吮你的手掌喔！」

「當然不會嘍。」胖胖熊用非常震驚的語氣說。

「嘿，你現在就正在吸吮呀！」川卜金大喊。

胖胖熊立刻把手掌抽出嘴，假裝沒聽到。

「大人！」附近地上傳來一個尖細的聲音。

「啊——老脾氣！」彼得上下左右看了一下——這是老鼠對人說話之後一般人的反應——之後說道。

「大人哪，」老脾氣說，「我願為您效命，但是我的榮譽卻是我自己的。大人，您軍隊裡唯一的號手就是我的同胞。我想，也許我們應該被派去比武場。大人，我的同胞都很哀傷。如果您肯讓我成為比武場的比武官，或許我的同胞會感到滿意。」

這時候，一陣如雷的喧鬧聲從上方某個地方突然傳出，原來是巨人溫伯威風發出了不怎麼聰明的笑聲——善良巨人很容易發出這一類的笑聲。他立刻克制了自己，等到老脾氣發現笑聲從哪裡傳來時，他已經看起來又是正經八百了。

「恐怕不行呢，」彼得嚴肅地說，「有些人類很怕老鼠——」

「我注意到了，大人。」老脾氣說。

「而且那樣對米拉茲也不太公平，」彼得接著說，「你讓他看到一樣可能能會減低他勇氣優勢的東西。」

「陛下您真是一面榮譽的明鏡，」老鼠一邊行了一個優美的禮一邊說，「而在這件事上，我們絕對是一條心！我剛剛好像聽到有人在笑。如果在場有任何人想要讓我成為他嘲弄的對象，只要他有空，我非常樂意效勞——用我的劍！」

這句話之後是一陣可怕的沉默，後來是彼得的話打破了這陣沉默：「巨人溫伯威風和胖胖熊、人馬峽谷風暴三位將要擔任我們的比武官。比武將在午後兩小時舉行。午餐在正午準時開飯。」

「我說呀，」他們走開時愛德蒙說，「我猜這不會有事吧。我是說，我想你能打敗他嘍？」

「我和他比武，就是想要找出這個問題的答案呢。」彼得說。

14

納尼亞人的勝利

亞斯藍領頭走在前頭，巴克斯和他的女祭司們又跳又衝，

一路翻著觔斗，而野獸圍著他們嬉戲，

殿後的是西雷諾斯和他的驢子。

快到兩點的時候，川卜金跟其他動物坐在樹林的邊緣，遠望大約兩箭之遙的米拉茲軍隊閃閃發亮的隊伍。在軍隊和他們之間，是一片平坦的四方形草地，這片草地已經圍上木樁，作為比武場地。在比較遠的兩個角落，站著手持著劍的葛洛塞和蘇普皮。靠近的兩個角落則是巨人溫伯威風和胖胖熊，雖然先前千叮嚀萬警告，胖胖熊此刻還是在吸吮手掌，而且看起來——說真的——還真是傻得可以。幸好，在比武場右邊的峽谷風暴一動也不動，偶爾用後蹄往草地上頓著，看起來比面對他、位在左邊的坦摩男爵更威風凜凜。彼得才剛剛跟愛德蒙和博士握過手，現在正走向比武場。這就像是在一場重要的賽跑中槍響的前一刻，只是情況要糟得多。

「我希望事情到這種地步之前亞斯藍就出現了。」川卜金說。

「我也是，」松露高手說，「可是看看你後面。」

「哎呀呀！」矮人一回頭就喃喃叫著，「他們是什麼人呀？好大的人——好漂亮的人——好像是男神、女神和巨人族。成千上萬個，在我們後面聚攏了，他們是什麼呀？」

「是樹精、樹仙和森林之神，」松露高手說，「亞斯藍把他們叫醒了。」

「哼！」矮人說，「如果敵人想要耍什麼詭計，這倒非常有用。可是如果米拉茲用他的劍證明了自己更靈巧，這也幫不了大王什麼忙。」

一句話也沒說，因為現在彼得和米拉茲正從兩頭走進比武場，兩人都穿著鎖子甲，頭戴盔帽，手拿盾牌。他們走向彼此，互相鞠個躬，似乎說了些話，不過卻聽不到他們說的是什麼。下一刻兩把劍就在陽光下閃閃發亮了。劍擊聲只聽了短短一秒鐘的時間，立刻就被淹沒，因為兩軍開始吶喊，像是觀看足球賽的群眾一樣。

「做得好，彼得，噢，漂亮！」看到米拉茲踉踉蹌蹌倒退了一步半，愛德蒙大喊：「快跟上去，快！」彼得跟了過去，有幾秒鐘的時間，看起來他像是要打贏了的樣子，但是後來米拉茲恢復鎮定，開始善用他的身高和體重了。「米拉茲！米拉茲！國王！國王！國王！」坦摩人的吼聲傳來。賈思潘和愛德蒙由於教人難受的焦慮而臉色慘白。

「彼得挨了幾次嚴重的劍擊！」愛德蒙說。
「嘿！」賈思潘說，「現在是怎麼啦？」
「兩人分開來了，」愛德蒙說，「有點喘不過氣來吧，我猜。看著。啊，現在他們又開始了，這回比較講方法了。互相繞圈子，試探對方的防禦力。」
「恐怕米拉茲對這種事很在行呢。」博士喃喃自語。但是他才剛說這話，古納尼亞人當中就傳出震耳的鼓掌聲。
「什麼事？什麼事？」博士問，「我的昏花老眼沒能看到！」
「大王刺中他的腋窩了，」賈思潘仍然拍著手說，「就在鎖子甲袖孔讓劍尖穿過的地方，這是第一滴血喔！」
「不過現在看起來又不怎麼妙了。」愛德蒙說，「彼得盾牌拿得不對。他一定是左臂受了傷。」
這話可真是一點也沒錯。每個人都可以看得出，彼得的盾牌變得遲緩了。坦摩人叫囂聲再次加強。

「你看過的打鬥比我多，」賈思潘說，「現在有沒有機會？」

「機會不大，」愛德蒙說，「我猜他可能會贏。靠運氣。」

「噢，我們為什麼要讓這種事發生呢？」賈思潘說。

突然雙方的叫喊聲都低下了。愛德蒙困惑了一會兒，然後他說：「喔，我明白了。他們兩人同意暫停下來休息。來吧，博士。我們也許可以為大王做點什麼事。」他們跑到比武場，彼得走出繩索圍著的地方迎向他們，只見他臉孔紅通通的，全身汗涔涔，胸口起伏不止。

「你的左臂受傷了嗎？」愛德蒙問。

「也說不上是傷，」彼得說，「他的盾牌整個撞上我的盾牌——像是一堆磚頭那麼重——盾牌的邊邊就壓到我的手腕。我想骨頭是沒有斷，可是可能扭到了。如果你們能把它緊緊綁起來，我想我可以應付得來。」

他們在處理的時候，愛德蒙焦慮地問：「你覺得他怎麼樣，彼得？」

「很強悍，」彼得說，「非常強悍。如果我能鬥得他忙不過來，等到他的體重和氣喘吁吁使他情勢不利——而且還在這種天氣下，那麼我還有機會。說實在話，不然我也沒有多大機會。替我把愛意轉達給——給家中每個人，愛德蒙，如果他打敗我的話。他現在又進到比武場裡了。再見了，老朋友。再會吧，博士。愛德蒙呀，向川卜金說些好話吧，他一直是個好人。」

愛德蒙說不出話來。他和博士一起走向他的位置，但是肚子裡卻有種作嘔的感覺。

不過這新的回合倒還頗順利。彼得現在似乎能用得上他的盾牌，而他確實也善用了他的雙腳。此刻他幾乎像是在和米拉茲玩捉人遊戲一樣，躲開攻擊，不斷更換地點，讓對方疲於奔命。

「膽小鬼！」坦摩人紛紛噓他，「你為什麼不迎戰？不喜歡嗎？我們還以為你是來打鬥，不是來跳舞的呢。哼！」

「噢，希望他不要聽他們的。」賈思潘說。

「他是不會的，」愛德蒙說，「你不了解他——喔！」因為米拉茲終於有出手機會，一劍擊中了彼得的盔帽。彼得一個踉蹌，身子往旁邊一歪，一個膝頭著地的倒下了。坦摩人的吼聲像海浪的呼嘯般響起。「動手啊，米拉茲！」他們高喊，「動手呀，快！快！殺了他！」其實他們根本用不著鼓動，這個僭越王位的人早已經站在彼得之上。愛德蒙咬緊雙唇，咬到血都流出來了，這時對方的劍已經朝彼得揮下來，眼看就要砍掉他的腦袋了。謝天謝地！劍滑下他的右肩。矮人打造的鎖子甲完好如初，沒有斷裂。

「老天爺！」愛德蒙叫道，「他又起來了。彼得，加油，彼得！」

「我看不到出了什麼事，」博士說，「他打得怎麼樣了？」

「他趁著米拉茲手臂往下伸的時候一把抓住，」川卜金說著，快活地手舞足蹈了起來。「這真是個好傢伙！把敵人的手臂當成梯子。大王！古納尼亞人，起來吧！」

「看，」川卜金說，「米拉茲生氣了。這下可好。」

現在這兩人打得可真是激烈了，只見你來我往地進攻，雙方面想要不被殺死，似乎都是不可能的事。戰況越來越激烈，這時候兩旁的吶喊聲卻幾乎消失了。圍觀者都屏住呼吸，可怕至極，壯觀至極。

這時古納尼亞人群中傳來一陣好大的叫聲。米拉茲倒下了——但是他不是被彼得打倒的，而是因為絆到草叢而面向下倒了。彼得後退一步，等他爬起來。

「噢，討厭，討厭，討厭呢！」愛德蒙自言自語道，「他需要這樣有君子風度嗎？我想他必定是吧。因為他又是個騎士，又是個大王。我猜亞斯藍也會希望這樣。可是那個畜生很快就會起來，然後——」

只是「那個畜生」再也沒有起來過。葛洛塞和蘇普皮兩位大人早就計畫好了。他們一看到自己的國王倒下，就立刻跳進比武場，一邊高喊：「奸詐！奸詐！這個納尼亞叛徒趁他無助地躺在那裡時朝他的背上刺了一劍。準備戰鬥吧，坦摩人！」

彼得根本不知道發生什麼事。他看到兩個高大男人抽出了劍朝他跑過來，然後第三個坦摩人也從他左邊圍著的繩索上面翻進來。

「準備戰鬥了，納尼亞人！這是奸計！」彼得大叫。要是這三個人全都立刻衝向他，他絕不會再有說話的機會。不過葛洛塞卻停下來，一刀刺死躺在地上的國王。「這是還你今天早上的侮辱！」刀刃刺中要害時他低聲說道。彼得一轉身，面對著蘇普皮，從下方砍他的兩條腿，再回手奮力砍下他的腦袋。這時候愛德蒙已經站在他旁邊，大叫：「納尼亞！納尼亞！雄獅萬歲！」而整支坦摩軍隊都朝他們衝過來。但是巨人踩著重重的步子走向前，低伏著身子，揮動他的木棍。人馬們進攻而來。而矮人們的箭也從後方射過來，在頭上飛過去。川卜金在他左邊戰鬥。全面戰爭已經展開。

「回來，老脾氣，你這個小東西！」彼得大叫，「你只會送死的！這裡不是老鼠待的地方！」但是這些可笑的小東西卻來來回回跑在雙方人馬的腳之間，用他們的劍猛戳。許多坦摩戰士這天都感覺到他們的腳突然被刺了一下，像是被十幾根烤肉叉刺到，於是他們用單腳跳著，一邊咒罵這陣疼痛，而多半都跌在地上。如果他們跌倒了，眾老鼠就會殺死他們；如果他們沒有跌倒，那也會有別人把他們殺死。

但是古納尼亞人幾乎都還沒有開始起勁地做他們的事，卻發現敵人潰敗了。只見那些面貌凶狠的戰士面色慘白，用驚恐的眼光盯著——不是古納尼亞人，而是他們後頭的什麼東西，然後把武器一丟，尖聲叫著：「樹林！樹林！哇呀，世界末日到了！」

但是很快地，他們的叫喊聲和武器聲都無法聽到了，因為這兩種聲音都淹沒在已經醒來的樹木那澎湃海浪般的怒吼中了，只見這些樹木穿過彼得軍隊的隊伍，繼續往前去追趕坦摩的軍隊。你有沒有在秋天黃昏站在高山上大片森林邊，剛好有一陣狂暴的西南風吹過來的經驗？你可以想像那種聲音。然後你再想像那片森林也不再是樹木，而是體型巨大的人，但是又很像是樹，因為它們長長的手臂就像樹枝一樣擺動，它們的腦袋甩動著，樹葉像驟雨般落在它們四周。在坦摩人看來，就是這個樣子。即使對納尼亞人來說，也有些教人驚慌。才幾分鐘的時間，所有米拉茲的黨羽全都往下跑到「大河」邊，希望能過橋到貝路納鎮，躲在堡壘和緊閉的城門後抵禦。

他們跑到河邊，可是河上面沒有橋了！這座橋從昨天起就不見了。於是他們全都驚恐不已，只得全數投降。

可是，這座橋出了什麼事啦？

這天一大早，兩個女孩經過幾小時的睡眠醒來，看到亞斯藍站在她們面前，並且聽到他的聲音：「我們來慶祝吧。」她們揉揉眼睛，四下打量了一番。那些樹木已經不在了，但是你仍然可以看到他們變成一團黑壓壓的東西，朝著「亞斯藍士丘」移動。巴克斯和侍奉他的女祭師們——那些瘋狂而放浪的女孩子——以及西雷諾斯，也仍然跟他們一起。經過充分休息的露西，這時跳了起來。每個人都醒了，每個人都在笑著，有人吹笛，有人敲鈸。動物——不是會說話的動物——從四面八方擠過來。

「什麼事啊，亞斯藍？」露西說，她的眼神已經舞動起來了，她的兩隻腳也想要跳起舞來。

「來吧，孩子們，」他說，「今天再騎到我背上吧。」

「噢，多好呀！」露西叫道。於是兩個女生就爬上這溫暖的金黃獸毛的背上，不曉得多少年以前，她們也曾經這麼做過。而後所有人就開始走了——亞斯藍領頭走在前頭，巴克斯和他的女祭司們又跳又衝，一路翻著觔斗，而野獸圍著他們嬉戲，殿後的是西雷諾斯和他的驢子。

他們略偏向右邊走，衝下一個陡峭的山丘，發現面前是那座長長的貝路納橋。然而他們還沒走上橋，水裡就鑽出一顆好大的濕淋淋、長著鬍子的腦袋，這顆腦袋比平常人的腦袋大，頭戴藺草的冠。他看著亞斯藍，從嘴裡發出了低沉的聲音。

「歡迎您，大人，」他說，「請鬆開我的鎖鍊。」

「那是什麼東西呀？」蘇珊低聲說。

「我猜是河神，但是，噓，別說話。」露西說。

「巴克斯，」亞斯藍說，「把他的鎖鍊鬆開吧。」

「我猜他指的是這座橋。」露西想道。果然沒錯。於是巴克斯就和他的人踩進淺淺的水中，一分鐘之後，一件最最奇怪的事發生了：粗壯的常春藤開始繞著爬上所有的橋柱，像火焰升起那般快速地長大，把石頭完全裹住，使石頭迸裂。橋的兩邊牆面短時間變成山花樹叢，而後在整座橋轟然一聲坍到漩渦不斷的河裡後也消失不見了。這些嬉鬧的人潑著水，尖叫、笑鬧地涉水或游泳或舞蹈著過了淺灘（「萬歲！現在這裡又變回貝路納淺灘了！」兩個女生喊道），爬上另一邊的河岸，進到鎮上。

街上每個人都在他們面前逃走。他們遇到的第一幢房子是間學校：一所女校。那裡有很多納尼亞女孩正在上歷史課，她們頭髮梳得很緊，脖子上圍著又醜又緊的硬領，腿上穿著又厚又癢的長襪。在米拉茲治理下，納尼亞境內上的歷史課要比你讀過的最真實的歷史都要沉悶，又比最精采的冒險故事還要虛假。

「如果妳不好好聽課，關多倫，」女老師說，「又不肯停止看窗外，我就要給妳記個缺點了。」

「可是，求求您，普里索小姐——」關多倫說。

「妳聽到我說的話了嗎，關多倫？」普里索小姐問。

「可是，普里索小姐呀，」關多倫說，「有頭獅子耶！」

「胡說八道，記兩個缺點，」普里索小姐說，「好啦，現在——」一聲怒吼打斷她的話。只見常春樹藤爬進來，捲上教室的窗口，教室牆壁成為一片閃著亮光的綠，上方原本是天花板的地方，現在是呈拱形的枝葉。普里索小姐發現她正站在一處林中空地的草上，於是緊抓住書桌，讓自己穩住，結果卻發現書桌是一片玫瑰叢。她從來也沒有想像過的一些狂野不羈的人擠在她四周。然後她看到亞斯藍這頭猛獅，便放聲尖叫，逃之夭夭，而跟著她一起逃走的，還有她那班學生，她們大多數都是長了一雙粗腿的一本正經的矮胖女孩。關多倫遲疑了。

「妳願意跟我們一起嗎，乖孩子？」亞斯藍問。

「哎，我**可以**嗎？謝謝你，謝謝你。」關多倫說。很快她就和兩名女祭司牽著手，被她們帶著轉圈圈，跳著快活的舞。她們還幫她脫掉一些不必要又不舒服的衣服。

不管他們走到貝路納鎮上的哪個地方，情形都一樣。大多數人都逃走了，只有少數幾個會加入他們的行列。等他們離開這個鎮上時，這群人的人數更多，也更快活了。

他們走過河北岸（也就是左岸）的平坦原野。在每座農莊裡，動物都會走出來加入他們。從不知歡樂是什麼的哀傷老驢子，如今突然回復了青春；被鐵鍊拴著的狗兒掙脫了鐵鍊；馬兒把架在身後的貨車踢個稀爛，小跑步跟著他們——得兒得兒地跑著——把泥土踢起，一邊嘶鳴著。

在一個院子裡的井邊，他們碰到一個男人正在打一個男孩。忽然男人手裡的木棍開了花，他想把它丟開，但它卻黏在他的手上。他的手臂變成一根樹枝，身體變成樹幹，他的兩隻腳也生了根。一會兒之前還在哭泣的男孩，這時候破涕為笑，也加入他們了。

在往海狸水壩的半路，也就是兩條河交會的地方，有一座小鎮。他們在小鎮上碰到另一所學校，學校裡有一個面容疲倦的女孩正在為一群長得很像豬的男孩子上算術。她望著窗外，看到這群嬉鬧作樂的神仙在街上唱著歌，心中一陣歡喜。

「喔，不要，不要，」她說，「我很願意。可是我不行呢。我必須守著工作。而且孩子們要是看到你們，他們會害怕的。」

「害怕？」男孩中最像豬的一個說，「她跟窗外的誰在說話呀？我們去告訴督學，說她在教我們的時候還跟窗外的人說話。」

「我們去看看是誰。」另一個男孩說，於是他們全都擠到窗戶前。可是他們那些刻薄的小臉才一望出窗外，巴克斯就大聲叫著：「喲啊，喲伊——喲伊——喲伊——喲伊。」於是男孩子們都嚇得哇哇叫，互相踩著爭搶著逃出門，或是從窗戶往外跳。據說後來（不管這話是真是假）就再也沒有人看過那些長相奇特的小男孩了，不過在那一帶倒是出現許多原來沒有的小豬。

「來吧，親愛的人兒。」亞斯藍對那位老師說，於是她就跳下來，加入他們的隊伍。

在海狸水壩，一行人重新過河，沿著南岸再次往東走。他們走過一座小屋，屋門口有個小孩子站在那兒哭。

「妳為什麼哭呢，乖孩子？」亞斯藍問。小孩從來沒有看過獅子的圖畫，所以一點也不害怕。

「姑姑生病了，」她說，「她快要死了。」

於是亞斯藍就走到小屋門前，但是門對他來說太小了，所以他把頭伸進去以後，就用肩膀推擠（這個動作一做，露西和蘇珊就從他背上摔下來了），把整間屋子都抬起來，然後屋子往後倒下，就摔裂了。只見床上——

現在床已經露在外面了——躺著一位老婆婆，看起來像是有矮人的血統一樣。她已經快要不行了，但是她睜開眼睛，看到獅子那明亮而毛茸茸的腦袋正望著她時，並沒有尖叫，也沒有嚇昏過去。她說：「噢，亞斯藍！我就知道那是真的。我等這一刻已經等了一輩子。你是要來帶我走的嗎？」

「是的，最親愛的人，」亞斯藍說，「不過還沒有要長程旅行。」他說話的時候，老太太蒼白的臉上也逐漸回復了血色，就像日出時分雲朵的下方漸漸泛紅一樣。她的雙眼也亮了起來，她坐起來說：「嘿，我可以說我**真的覺得**好多了。我想我今天早晨可以吃點早餐。」

「拿去吧，這位母親。」巴克斯說，他用一個水罐到小屋旁的井裡舀水，然後交給她。只是現在水罐裡裝的不是水，而是最營養的葡萄酒，像紅醋栗果凍一樣紅、像油脂一樣柔滑、像牛肉一樣營養、像茶一般的暖，又像露水般的涼爽。

「哎，你給我們的井動了手腳啦，」老婆婆說，「這倒是挺好的改變呢，沒錯。」說罷她一躍下了床。

「騎到我身上吧。」亞斯藍說，然後又對蘇珊和露西說：「妳們兩位女王，恐怕現在得用跑的了。」

「可是我們也喜歡跑呀。」蘇珊說，於是一行人再度上路。

於是他們這一群，一路雀躍、歌舞，在音樂和笑聲，在吼聲、吠聲和嘶聲中來到米拉茲的軍隊前，這些軍人呆站著，丟下他們的刀劍，高舉雙手。而彼得的士兵們仍然握著武器，氣喘吁吁，這會兒全圍著他們，露出堅毅而快活的表情。這時候發生的第一件事，就是老婆婆滑下亞斯藍的背，奔向賈思潘，兩人擁抱在一起，原來她就是他的保母！

15

亞斯藍在空中變出一扇門

當談話聲越來越安靜，話也說得越來越慢之後，

眾人開始一個接一個頻頻點頭，終於沉沉睡去……

一見到亞斯藍，坦摩軍隊的士兵臉色全變成冷肉汁的土灰色，他們的膝蓋打著哆嗦。還有好多人就直直地面朝下倒下了。他們原先一直不相信有獅子，所以這使得他們害怕更深。就連知道獅子像個朋友似地來到的紅矮人們，也張著嘴站在那裡，話也說不出來了。有些原本是尼卡不里一夥的黑矮人，這時候開始一點一點地往外走。但是所有會說話的野獸卻全都湧向這頭獅子，他們發出快活的嗚嗚聲、咆哮聲、吱吱叫聲，和嘶嘶叫聲，搖尾示好、往他身上磨、用鼻子恭敬地碰觸他，又在他的身體下和兩條腿間來回走著。如果你看過一隻小貓對一隻牠認得而且信賴的大狗表示親愛，你就會很清楚牠們的動作了。之後，彼得帶領著賈思潘穿過動物群往前走。

「這是賈思潘，先生。」他說。賈思潘跪下來，親吻獅子的腳爪。

「歡迎你，王子，」亞斯藍說，「你認為你自己足以擔當納尼亞的國王嗎？」

「我——我想我還不行，先生，」賈思潘說，「我只是個小孩子呢。」

「好，」亞斯藍說，「如果你覺得你自己足堪大任，那就證明你並不行。因此，在我們和大帝的見證下，你將成為納尼亞國王、凱爾帕拉瓦領主、寂島皇帝。只要你的種族存在一天，你和你的繼承人都將延續下去。而你的加冕典禮——這是什麼呀？」因為就在這個時刻，一支奇特的小小隊伍正逐漸接近他們——一共十一隻老鼠，其中六隻用樹枝做成的擔架抬著一個東西。從沒有人看過比這些更悲戚的老鼠了。他們身上沾著汙泥——有些還沾著血——耳朵下垂，鬍子下垂，尾巴拖在草地上，而領隊的老鼠在細長的笛子上吹出哀傷的曲調。擔架上躺著一個比一堆濕了的毛球還可憐的東西，那是重傷後的老脾氣。他仍然有呼吸，不過已經奄奄一息，全身無數的傷口都有深深的刀痕，一隻腳掌已經碎裂，在他尾巴的地方，是用繃帶包起來的一點尾巴根。

「動手吧，露西。」亞斯藍說。

露西很快就拿出她的鑽石瓶子。雖然老脾氣的每個傷口都只需要一滴果露，但是傷口實在太多了，所以經過長久而焦慮的沉默之後，她才把傷口全滴上果露，而這隻老鼠也從擔架上跳下。他立刻一隻手搭在劍柄上，而用另一隻手捻著鬍鬚，鞠了個躬。

「歡迎，亞斯藍！」他發出尖銳的聲音。「我很榮幸——」而後他突然停住。

原來是，他還是沒有尾巴呀——不是露西忘記了，就是她的果露藥水雖然可以療傷，但卻不能讓東西再生。老脾氣鞠躬行禮時發現到這項缺失，可能是因為它改變了他的平衡。他往右肩後看過去，卻沒有看到他的尾巴，他用力把頭再往後扭，直到他不得不再把肩膀和整個身體都跟著轉動為止。而這時候他的下半部也跟著轉，所以又看不到了。接著他再扭脖子往肩膀後看去，結果卻還是一樣。只有在他整整轉了三圈之後，他才明白這可怕的真相。

「我完蛋了，」老脾氣對亞斯藍說，「我真是好沒有面子喔。我必須要請您容忍我如此失態的出現。」

「你不會很失態的，小傢伙。」亞斯藍說。

「還是一樣呀。」老脾氣回答，「要是能有什麼辦法的話……也許女王陛下可以？」說到這裡，他向露西鞠了躬。

「可是你要尾巴做什麼？」亞斯藍問。

「先生，」老鼠說了，「沒有尾巴，我還是可以吃、可以睡，可以為我王獻出生命，但是尾巴是老鼠的榮耀。」

「我有時候會想，朋友，」亞斯藍說，「你是不是不要太顧到你的榮耀比較好。」

「萬王之王呀，」老脾氣說，「請容我提醒您，上天給了我們老鼠很小的身軀，如果我們不守護我們的尊嚴，有些人（他們是以大小來評斷人的）就會對我們開些很不妥當的玩笑。這也是我煞費苦心要讓人知道一件事的原因，而這件事就是，不希望感覺到我這把劍會貼近他心臟的人，就不要在我面前提什麼『陷阱』啦、『烤乳酪』啦，或是『蠟油』之類的話，最好別提——就算是納尼亞最高大的傻瓜也不行！」說到這裡，他抬眼怒視溫伯威風，但是這位巨人老兄總是比每個人都慢半拍，所以也沒有發現他腳下在談的是什麼，更不知道話的主題。

「我可不可以問一下，為什麼你的人都把**他們的**劍抽出來了？」亞斯藍說。

「希望陛下您能滿意，」第二隻老鼠說了，他的名字是皮皮西，「如果我們的首領沒有尾巴了，我們都準備要砍斷我們自己的尾巴。我們的大王老鼠沒有榮耀了，我們還要帶著這種榮耀，這種羞辱我們可不要。」

「啊！」亞斯藍吼了一聲，「你們勝過我了。你們有偉大的情操。現在，不是為了你的尊嚴，老脾氣，而是為了你和你手下間的親愛，更為了好久以前你們同胞咬斷了把我綁在石桌上的繩子（從那時候起，你們就變成會說話的動物了）對我的好意，我要讓你得回你的尾巴。」

亞斯藍話還沒說完，老鼠的新尾巴已經在位置上了。然後，在亞斯藍的指揮下，彼得便封賈思潘為騎士，而賈思潘被封為騎士後，他也賜給松露高手和川卜金、老脾氣騎士的頭銜，又命柯內留斯博士為總理大臣，並且批准胖胖熊也世襲比武場司禮官的職位。於是周遭響起隆隆的掌聲。

之後，坦摩的士兵全都被送過河，關在貝路納鎮上，還有牛肉吃，啤酒喝，也沒有受到嘲弄或是毆打。他們對於要涉水過河非常焦慮，因為他們全都對流動的水又討厭又害怕，就像他們對於樹林和動物也是又討厭又害怕一樣。不過最後討厭的事情都結束了，這漫長一天最好的部分終於開始啦！

露西舒舒服服地坐在亞斯藍旁邊，這時候她不曉得那些樹在做什麼。起先她以為他們只是在跳舞，他們的確是繞著兩個圓圈走動沒錯，一個圓圈是從左到右，另一個則是從右到左。然後她注意到他們不斷把東西丟到兩個圓的中間。有時候她覺得他們是在剪斷他們一縷縷的長髮，有時候看起來又像是他們在掰斷指頭一樣——但是，如果真是這樣的話，他們的手指頭可真是多，而且這樣做似乎也沒有傷到他們。不過不管他們丟下來的是什麼，一碰到地上就都變成柴枝或乾木頭了。接著有三、四個紅矮人拿著火絨箱過來，把柴堆點上火，只見柴堆先是喀啦喀啦地響，然後冒出明亮的火焰，最後發出怒吼般的火聲，就像仲夏夜晚在林地生起營火那樣。於是每個人都圍成一個大圓圈，繞著火堆坐下。

然後巴克斯、西雷諾斯和那些女祭司們就開始跳起舞來，這種舞要比樹木的舞蹈更為狂野，而且也不只是歡樂和美感的舞（雖然這舞也具備這兩種成分），更是具有魔法的豐饒之舞，他們手指碰觸的地方，他們舞步落下的地方，各種美食隨之出現——肉香瀰漫樹叢的烤肋條、小麥餅和燕麥餅、蜂蜜和多彩糖，以及稠得像粥、滑得像止水一般的奶脂，還有水蜜桃、油桃、石榴、梨、葡萄、草莓、覆盆子——成堆成堆的水果、大批大批的水果。接著是用花環裝飾的大木杯和木碗、木缽盛著的酒：有像桑葚汁做的糖漿那般濃稠、暗黑的酒，有像變成水的紅色果凍那麼清澈的紅色酒，有黃色的酒和綠色的酒，還有黃綠色、綠黃色的酒。

但是招待樹人的，卻又是不同的東西了。當露西看到克勞斯利快鏟和他的鼴鼠同伴在不同地方挖起草皮（巴克斯把地方指給他們看），並且明白樹木要去吃「土」的時候，她全身一陣戰慄。不過等她看到送給樹人吃的土的時候，她的感覺卻完全不一樣了。最先是一種棕色的肥沃土塊，看起來活像是巧克力，真是太像了，所以愛德蒙也試了一小塊，只不過他發現一點也不好吃。沃土止了飢餓之後，這些樹人就轉而朝一種你在索姆塞特看到的那種土下手，那種土幾乎是粉紅色的。據說這種土比較清淡，也比較甜。在一般人吃乳酪的時候，他們吃的是一種白堊土。然後是甜點，他們吃的是小礫石，上頭撒了上好的銀色沙子。他們酒喝得很少，卻使得冬青變得話多了起來，因為他們解渴喝的多半是深深吸著露水和雨水混合的液體，這液體還有森林花香和薄薄的雲朵那空氣味。

亞斯藍大宴納尼亞人，直到太陽下山，完全消失，連星星都出來之後。那大圈生起的火現在燒得更熱，不過安靜許多，暗黑中的樹林中像烽火一般發亮，嚇壞了從遠處看到它的坦摩人，不知道那代表什麼意思。這場盛宴最好的地方是，中間不會被打斷，也沒有人要離開，只是當談話聲越來越安靜，話也說得越來越慢之後，眾人開始一個接一個頻頻點頭，終於沉沉睡去，雙腳對著營火，兩旁躺著好朋友，到最後，四下一片靜寂，貝路納淺灘流水流過石頭的低語又能聽到了。但是整個晚上亞斯藍和月亮眨也不眨眼地注視著彼此，非常歡喜。

第二天他們就派信差（主要是松鼠和鳥兒）到全國各地，向四散各處的坦摩人——當然嘍，也包括在貝路納的犯人——發布聲明。告訴他們賈思潘現在已經是國王了，納尼亞從此以後不但屬於人，也屬於能言獸和矮人、樹精、人羊，以及其他動物。願意待在新國家的人都可以待下來，但是不喜歡這樣的人呢，亞斯藍也會提供另一個家。任何想要去那裡的人，必須在第五天中午以前到貝路納淺灘來找亞斯藍和眾國王。你可以想像這在坦摩人當中一定引起不少的疑惑。他們當中有些人——主要是年輕人——和賈思潘一樣，聽說過從前的日子，很高興這樣的日子又回來了。他們已經和那些動物交起朋友。這些人全都決定留在納尼亞。而大多數年紀比較大的人，尤其是曾經在米拉茲統治期間地位很重要的人，卻都悶悶不樂，不想在一個自己不能當家作主的地方生活。「跟一群非常裝模作樣的動物一起生活！想都別想！」他們說。「還跟鬼一起生活呢，」有些人戰慄地加上一句。「那些樹精其實就是鬼呀。這樣太不慎重了。」他們也很懷疑。「我不信任他們，」他們說，「有那頭可怕的獅子之類的在，我就不放心。他的爪子不會離開我們很久的，你**等著**瞧好了。」而對於他說要給他們一個新家也同樣懷疑。

「最可能的是把我們帶到他的窩裡，一個一個把我們吃了。」他們喃喃說道。他們彼此談得越多，就變得越不開心，也越是懷疑。結果到了預定的日子，還是有半數以上的人出現。

在林間空地的一頭，亞斯藍要人立起兩根木樁，木樁比人的頭還要高，距離大約三呎，在兩根木樁上方，橫綁著第三根比較輕的木頭，使得這整個東西看起來像是一個前後都空的門框。在這個門框前，站著亞斯藍，兩旁分別是右邊的彼得和左邊的賈思潘。群集在他們旁邊的有蘇珊、愛德蒙、露西、川卜金、松露高手、柯內留斯博士、峽谷風暴、老脾氣和其他人。這些孩子們和矮人充分利用了原本是米拉茲的城堡而現在成為賈思潘的城堡裡的衣物，於是穿戴起金色的絲綢布料、開衩的袖口露出雪白的棉布、銀質鎖子甲和鑲寶石的劍鞘、鍍金的盔帽和插著羽毛的軟帽，他們簡直耀眼得使人無法直視。就連那些獸類也都在脖子上戴著貴重的鍊子。然而卻沒有人把目光放在他們或是這些孩子身上。因為亞斯藍那一頭活生生而且可以讓人撫摸的金黃鬃毛使他們全都黯然失色了。其餘的古納尼亞人站在空地的兩旁，而另一頭是坦摩人。陽光普照，旗幟在微風中飄動。

「坦摩的人民，」亞斯藍說，「想要找到新國度的人，請聽我說。我會把你們全都送到你們自己的國家，我知道那個地方，但是你們並不知道。」

「我們不記得坦摩。我們也不知道它在哪裡，不知道它是什麼樣子。」坦摩人嘟囔著。

「你們是從坦摩來到納尼亞的，」亞斯藍說，「可是你們是從另外一個地方去到坦摩的。你們根本不屬於這個世界。你們是好幾代以前從彼得大帝那個世界來到這裡的。」

聽到這話，一半的坦摩人開始啜泣，「看吧！不是告訴你了嗎？他要把我們全都殺掉，把我們送到另一個世界了！」而另外一半的人就神氣地挺起胸膛，彼此拍著背、低聲說：「看吧！早就該猜到我們根本不屬於這個有那麼多醜怪噁心的怪東西的地方。我們有皇室的血統呢，你等著看吧！」即使是賈思潘、柯內留斯和孩子們也都轉向亞斯藍，臉上滿是驚異的神情。

「安靜。」亞斯藍用他最接近吼聲的低聲說了話。地面似乎微微晃動，在這片空地上的每個生物都像石頭一樣，一動也不動了。

「你，賈思潘大人，」亞斯藍說，「也許知道一點，就是除非你像古代的國王一樣，是亞當的兒子，也是從亞當兒子那個世界而來，否則不可能成為納尼亞真正的國王。而你的確是的。很多年前在那個世界，在一個叫做南海的深海上，有一艘海盜船因為暴風雨而漂流到一座島上。他們就在那裡為非作歹，殺死當地人、娶了當地女人為妻，釀製棕櫚酒、喝醉了就躺在棕櫚樹樹蔭下，起來就跟人爭吵，有時候還殺人。有一次在像這樣的爭鬥中，有六個人被人打敗，就帶著他們的女人逃到島中央，爬上山，然後進到一個山洞裡去躲起來。不過這個山洞是那個世界當中的一個有魔法的地方，是古代世界和世界中間的裂縫或是裂口，只不過這種地方越來越少見了。那個山洞是最後一批當中的一個，我沒有說是最後一個喲。於是他們就掉下去，或者是爬上去或是撞上去，或是直接落下去，而發現他們到了這個世界，也就是坦摩這個地方，當時那裡並沒有人住。那裡為什麼沒有人住呢？這是個很長的故事，我現在先不說。於是他們的後代也就住在坦摩，變成一支凶狠而且驕傲的民族，過了好幾代之後，坦摩發生饑荒，他們就去攻打納尼亞，納尼亞當時情況混亂（那也是說來話長的事了），他們打勝了，就統治了納尼亞。你都聽清楚了嗎，賈思潘國王？」

「聽清楚了，先生，」賈思潘說，「我本來還希望我的出身是比較光榮的哩。」

「你出身自亞當大人和夏娃女士這一族，」亞斯藍說，「這一族既光榮得足以讓最貧窮的乞丐抬起頭來，也羞恥得讓地球上最偉大的皇帝彎腰駝背。要知足。」

賈思潘行了個禮。

「好啦，」亞斯藍說，「各位坦摩的男士和女士們，你們願意回到你們最早的祖先出來的那座島上嗎？那是個不錯的地方。最初發現那座島的那些海盜族，如今已經滅絕，現在島上沒有人居住。那裡有很好的淡水井，土壤肥沃，還有可以蓋房子的木材，湖裡也有魚，那個世界其他的人還沒有發現那裡。現在那道裂口開了，可以讓你們回去，但是我必須警告你們一點：一旦你們走過裂口，那道裂口就會永遠闔上。以後兩個世界也無法經由那道門交流了。」

四周沉寂了一會兒，然後坦摩士兵當中有個個子魁梧長相正派的人推開旁人上前，並且說：

「好，我願意去。」

「這是明智之舉，」亞斯藍說，「而因為你是第一個說願意的人，我給你很強的魔法。你在那個世界的未來會很好。來吧。」

這人走上前，現在他臉色有點蒼白了。亞斯藍和他的朝臣退到一邊，讓他可以通行無阻地走到木樁圍起來的門前。

「走過去吧，孩子。」亞斯藍說，一邊朝他彎下身，用他的鼻子去碰了碰男人的鼻子。而獅子呼的氣一碰到他，他的眼睛就出現新的神情——那是一種驚訝、卻不是不高興的神情——彷彿他正在試著回想什麼事。然後他挺直肩膀，穿過這扇門。

每個人的眼光都盯著他。他們看到那三根木樁，還看到木樁後面的樹木、青草，以及納尼亞的天空。他們看到在兩根門柱中間的他，然後，就在一秒之間，他完全消失了。

從空地另一頭傳來其他坦摩族人的哀號：「喔！他怎麼啦？你想要害死我們嗎？我們才不去呢！」然後有一個聰明的坦摩人說了：

「我們從這幾根木頭裡也看不到任何其他世界。如果你要我們相信，為什麼你們當中沒有一個人去？你們所有的朋友都離這些棍子好遠。」

老脾氣立刻走上前，鞠了個躬。「如果我的例子可以有用的話，亞斯藍，」他說，「只要您一聲令下，我願意帶十一隻老鼠穿過那道門，一刻也不遲疑。」

「不行呢，小東西，」亞斯藍說，他把他那柔軟的手掌輕輕搭在老脾氣的腦袋上。「在那個世界裡的人會對你做出很可怕的事呢。他們還會帶你們去展示。一定要別人領頭去才行。」

「快，」突然彼得對愛德蒙和露西說，「我們的時間到了。」

「這是什麼意思啊？」愛德蒙說。

「往這裡走，」蘇珊說，她好像完全知道這件事一樣。「回到樹林裡，我們必須換衣服。」

「換什麼衣服？」露西問。

「當然是我們的衣服呀，」蘇珊說，「穿這身衣服站在英國火車站月台上，那看起來就活像傻瓜了。」

「可是我們其他東西都還在賈思潘的城堡裡啊。」愛德蒙說。

「不對，」彼得說，仍然領著路往最深的樹林裡走。「那些東西都在這裡。今天早上它們裝成一包包帶過來的。事情全都安排好了。」

「今天早晨亞斯藍和你跟蘇珊談的就是這件事嗎？」露西問道。

「是的——還有別的事情，」彼得表情嚴肅地說，「我不能全告訴妳。他想要告訴我和蘇珊一些事，因為我們不會再回到納尼亞了。」

「永遠也不會回來嗎？」愛德蒙和露西驚惶地叫道。

「噢，你們兩個還會回來，」彼得回答，「至少從他的話聽來，我很確定他是要你們哪一天回來。但是我和蘇珊，他說我們年紀太大了。」

「噢，彼得，」露西說，「這真是很不幸呢，你能受得了嗎？」

「哎呀，我想可以吧，」彼得說，「這和我想的很不一樣，等到妳也到了最後一次回來的時候妳就會懂了。但是，快點，這些是我們的東西。」

脫掉皇室服裝，再穿上學校衣服（而且現在也不很新了）走回那麼大堆的人群中，不只很怪，也很不好受。有一、兩個比較差勁的坦摩人對他們嘲笑不已，不過其他動物全都高聲歡呼，並且站了起來，以示對彼得大帝、號角女王蘇珊和愛德蒙國王、露西女王的敬意。接著是充滿感情而且（就露西而言）淚水不斷的與老朋友的告別——動物的親吻、胖胖熊的擁抱、川卜金的緊緊握手，還有與松露高手之間最後的搔癢的、毛扎扎的摟抱。而當然嘍，賈思潘要把魔法號角還給蘇珊，蘇珊自然說就送給他了。然後，又美好又可怕的事來了，就是向亞斯藍道別了，於是彼得站定，讓蘇珊的手搭在他的肩上，再讓愛德蒙的手放在蘇珊的肩上、露西的手搭著愛德蒙的肩，然後是第一個坦摩人的手搭著露西的肩。因此他們就排成一長列，朝那個「門」走去。之後有一段時間很難描述，因為這些孩子們似乎同時看到三件事：一是一座山洞的洞口，洞口外是太平洋上一座綠色和藍色的島嶼，所有的坦摩人一走過那個「門」，就會發現自己已經置身在這島上。第二件事是納尼亞的一處林間空地，還有矮人和野獸們的臉孔、亞斯藍那雙深邃的眼睛，以及獾的面頰上的白色斑塊。但是他們看到第三樣東西（這樣東西迅速吞噬了另外兩樣）卻是一座鄉間火車站那鋪著碎石的灰色月台，和一張旁邊圍放著行李的長椅，而他們全都坐在椅子上，彷彿連一步都沒有離開過——和他們經歷過的事情比起來，這情景一時間還有點單調乏味呢。不過呢，聞著那熟悉的鐵路味道，看著英國的天空，想著眼前還有個夏天的學期要過，教人想不到的是，這倒也有它自己的趣味。

「哇！」彼得說，「我們還過得真快活呢！」

「可惡！」愛德蒙說，「我把那把新的手電筒忘在納尼亞了！」

納尼亞傳奇

全紀錄

《納尼亞傳奇》原著小說在地球上
銷售超過 100,000,000冊

英國年度票選　打敗哈利波特
榮登最佳讀物第一名

被翻譯41種以上的語言，
在大人與孩子的讀書計畫中掀起閱讀風潮

★重量推薦

【空中英語教室及救世傳播協會創辦人】彭蒙惠

【靈糧神學院院長】謝宏忠牧師

【名作家】楊照

【名譯者】倪安宇

【基督之家】寇紹恩

【兒童文學作家】林良

【兒童文學工作者】幸佳慧

★攻占各大排行榜

2005 博客來網路書店百大

2005 誠品書店年度童書暢銷排行榜

2006 英國圖書館館長票選必讀童書第一名

2008 英國 4000 名讀者每年年度票選最佳讀物第一名

★全球票房保證電影改編

2005 年 12 月《獅子 ‧ 女巫 ‧ 魔衣櫥》改編電影上演

2008 年 6 月《賈思潘王子》改編電影上演

2010 年 12 月《黎明行者號》改編電影上演

納尼亞傳奇 104

賈思潘王子（恩佐插畫封面版）

作　者—C・S・路易斯
譯　者—張琰
出　版　者—大田出版有限公司
台北市一〇四四五中山北路二段二十六巷二號二樓
E-mail—titan@morningstar.com.tw http://www.titan3.com.tw
編輯部專線—（02）2562-1383 傳真：（02）2581-8761
總　編　輯—莊培園
副總編輯—蔡鳳儀
行政編輯—林珈羽
行銷編輯—陳映璇
校　　對—黃薇霓
封面設計—王志峯
內頁設計—陳柔含
三版初刷—二〇一九年一月十二日　定價：二五〇元
三版二刷—二〇二二年一月十九日

網路書店—http://www.morningstar.com.tw（晨星網路書店）
TEL：04-23595819 FAX：04-23595493
購書E-mail—service@morningstar.com.tw
郵政劃撥—15060393（知己圖書股份有限公司）
印　　刷—上好印刷股份有限公司
國際書碼—978-986-179-576-8　CIP：873.57/108014429

填回函雙重禮
①立即送購書優惠券
②抽獎小禮物

國家圖書館出版品預行編目資料

賈思潘王子／C・S・路易斯著；張琰譯.
——初版——臺北市：大田，2019.11
面；公分.——（納尼亞傳奇；104）

ISBN 978-986-179-576-8（平裝）

873.57　　108014429